ANIMAIS EM EXTINÇÃO

MARCELO MIRISOLA

ANIMAIS EM EXTINÇÃO

EDITORA RECORD
RIO DE JANEIRO • SÃO PAULO
2008

CIP-Brasil. Catalogação-na-fonte
Sindicato Nacional dos Editores de Livros, RJ.

Mirisola, Marcelo, 1966-
M651a   Animais em extinção / Marcelo Mirisola. – Rio de Janeiro: Record, 2008.

ISBN 978-85-01-07640-3

1. Romance brasileiro. I. Título.

08-1758

CDD – 869.93
CDU – 821.134.3(81)-3

Copyright © Marcelo Mirisola, 2008

Capa: Desenharia

Direitos exclusivos desta edição reservados pela
EDITORA RECORD LTDA.
Rua Argentina 171 – Rio de Janeiro, RJ – 20921-380 – Tel.: 2585-2000

Impresso no Brasil

ISBN 978-85-01-07640-3

PEDIDOS PELO REEMBOLSO POSTAL
Caixa Postal 23.052
Rio de Janeiro, RJ – 20922-970

Para Angela Ambrosini (Darinka)

Agradeço a Marcos Cesana pelo título

A mesma situação de 1993. A diferença é que naquela época eu tinha 27 anos, meus pentelhos ainda não haviam embranquecido, e a vista era de frente para o mar. Naquele final de ano eu acreditava na biologia. Tinha o tempo da espera e não havia me desencantado comigo mesmo. Um cara assim, nesta situação, digamos, de passaporte carimbado — agora entendo — está "apto" para amar e para acreditar nesse sentimento.

A situação em si mesma é um desastre consumado, e o termo "apto" é quase um xingamento, mas não encontro outro que combine ou conjugue melhor a expectativa do devir com a breguice genética de querer ser feliz. Portanto, acreditar na biologia era para mim acreditar no amor. Era estar encantado.

Em 1993, eu não imaginava que, 15 anos depois, trataria dos meus desfazimentos aqui, na Praça Roosevelt. Encantado no centrão de São Paulo, logo eu. Queria sair fora. Dar o pinote, ir. Ir para qualquer lugar.

* * *

No final daquele ano acendi uma vela na praia. Chovia. A porra da chama vacilante não me encorajava a olhar para trás. Mas olhei.
Fiz o que devia ser feito. Até hoje guardo a imagem da chama alta — foi um alívio... apesar de aquele 1993 ter sido uma merda para mim. Um belo momento. Uma bela imagem.

* * *

Quinze anos depois, a premência. Outro erro. A mesma sensação de ser arremessado dentro da noite. A certeza de querer sair fora, dar o pinote. Ir, voltar. Sair. Tanto faz.
Não me importa se fui feliz em São Paulo. Corro o risco de ser redundante. Ainda assim vou falar dos amigos e inimigos que nunca imaginei ao meu lado. Do vinho vagabundo que recusei por delicadeza. Da Julie, que perdeu a virgindade comigo ouvindo "Angie".
São coisas antigas. Angie, o cabaço da Julie e as amizades cultivadas. Tudo bem. As pessoas mudam, e são enganadas. Julie não é mais aquela gordinha de 18 anos que me confiou a virgindade. Virou uma trambiqueira.

"Angie" — isso é mais do que sabido — também não passa de uma viadagem do Mick Jagger. O que posso dizer é que a premência e a felicidade jamais me serviram para chegar a qualquer lugar. Jamais me serviram para nada, aliás. Nada, porra nenhuma.

De tudo, me resta uma comichão. Ou convicção. Tenho que ir embora — e isso já é demais.

Antes de ir, porém, gostaria de levar algo comigo. Na falta de opção melhor, bem podia chamar esse algo de Marisete. Mas vou dar a essa comichão-algo um nome mais prosaico: ficção... ou Narah, a melhor amante. E seja lá o que Deus quiser.

Tanto faz o nome. Histórias-lembranças. Marisetes. Salvo-condutos. Tanto faz, tanto faz. Não importa que Narah gostava de levar uns tapas. Não importa a denominação. Tem que ser algo que me abstenha de mim mesmo. Uma cruz. Algo que seja um álibi (ainda que falso...) e que, ao mesmo tempo, digamos, me "exima" dos meus próximos quinze anos.

* * *

Outra coisa: quero estar bem longe quando começar a atiçar essas lembranças. Podia ser uma praia. Desde que seja longe. Preciso de um distanciamento para cofiar meu cavanhaque desesperado e meus pentelhos grisalhos, longe. Quero voltar para qualquer lugar. O importante é sair daqui.

1

João Pessoa, Paraíba

Vamos lá.
Tive um filho Panda com Paloma Holliday, a Papi. Isso mesmo. Se eu tiver que lembrar da Praça Roosevelt, e quiser fugir dos pleonasmos, a melhor lembrança vai ser o único filho que consegui fazer nessa minha merda de vida. Um Panda, fruto do meu amor desatinado por um travesti monstruoso. O garoto aí está, de pelúcia.
Levo a vantagem de não ter precisado olhar para trás na hora de concebê-lo. O que — cá entre nós — não é nada pouco em se tratando da Praça Roosevelt.
Aconteceu de eu estar tomando um café no La Barca. Um vendedor de bonecos de pelúcia apareceu por lá. O traveco gostou do Panda, e eu comprei o bichinho pra ele.

Tudo muito simples. Para evitar chiliques, comprei:
— É nosso filho, MM.
— Tem certeza?
— Vou dar de mamar agora mesmo.
O Panda parou de chorar.
Sem nenhuma sacanagem, eu quis assumir a paternidade. Pra valer. Mas não consegui.

Tinha apenas meu amor, e custou barato. O garoto-panda é peludo, greludão e demente. Ainda não foi batizado. Tem as canelas inchadas, olheiras profundas e redundantes, e sabe rir de si mesmo. É disso que eu gosto nele.

Claro que é uma aberração. Não podia ser diferente do meu amor: ele é a cara da Roosevelt. Meu filho. Papi me garantiu que vai ser uma mãe dedicada. O Panda jamais saberá que sou o pai dele. Esse foi o acordo.

... Porque o abandonei como se fosse um desses executivos da Berrini que vêm dar o cu por aqui e pagam caro pelo anonimato.

Na hora em que a Papi tirou o peito pra fora, e deu de mamar ao Panda, pensei comigo mesmo: "Solitário".

Não é pose, não. Sou um solitário por excelência. O fruto revirado em si mesmo. O pinote, enfim. Aquele que vai embora antes que seja tarde demais. Antes de ser feliz demais.

2

À cata de um bataclã

Curioso. Somente aqui na praia de Cabo Branco, de frente para o mar, é que conjeturei pela primeira vez sobre meus tempos antes e depois de São Paulo, da Praça Roosevelt.

O seguinte: nunca havia imaginado que iria voltar a SP, morar na Roosevelt.

Em meado dos oitenta, freqüentava esse lugar como um adolescente idiota à cata de um bataclã perdido no tempo e no espaço. Basta dizer que a procura por esse lugar já era por si só tão falecida quanto minha adolescência... e esta mais insignificante que os livros do Jorge Amado.

Todavia os mafuás do baiano pairavam na minha imaginação. Sim, eram fantasmas que existiam — digamos — para assombrar meus falecimentos. Num lugar diametralmente oposto (e paralelo?) à minha vida de garoto rico.

De um lado, a promessa de um futuro bovino e almiscarado. Do outro, os falecidos bataclãs. A Augusta e suas travessas eram os lugares onde "atucanávamos" o tesão. Digo "nós" porque eu não queria entregar o lugar onde estava, também pelo prazer de escrever na segunda pessoa do plural e envolver "o tesão" no negócio (fica mais chique), mas principalmente porque "atucanar" era sinônimo de dissimular, esconder, imiscuir, varrer para debaixo do tapete. Quero dizer: minhas especialidades — agora eu sei — desde sempre.

Também é esquisito falar de 1983/84 como se fosse uma época remota. Mas é. Indo um pouco mais além, "atucanar" quer/ou queria dizer o seguinte: ter os cuidados e os lugares certos sob controle; desde as revistas de sacanagem que meu pai "esquecia" atrás do armário, passando pelas empregadinhas violentadas nos lugares apropriados (antes auferidas pelo próprio pai), até chegar aos espantos; sim, até os sustos e sobressaltos tinham uma necessidade singular, digamos, "atucanada".

Não é o caso de dizer que uma "grande mentira" abarcava esse sentimento. Antes o forjava, e tinha lá — como todos os demais entraves — seu respectivo escaninho.

Quero dizer que a estrutura da "grande mentira" era pra valer. Os sigilos eram a base desse sistema. Nessas condições, o fato de um garoto de 16 anos descer a Rua Augusta na surdina não significava apenas um acordo tácito com seus falecimentos, mas sobretudo tratava-se de uma condenação dispensadora do crime efetivo e que, curiosamente, servia para me alforriar. Além disso, me garantia a volúpia e a liberdade vigiadas. Muitas punhetas.

Não falo apenas de sobrevida. Ou de um crime inexistente e imprescritível. Não trato tão-somente de falecimentos procrastinados. Trato de afetos também. Vale que as etapas eram cumpridas.

O medo, o pânico e o tesão.

Sair do Alto de Pinheiros e descer a Rua Augusta, nem que fosse de dia, para mim, adolescente transido pelo pavor, era nada mais nada menos do que subverter o que por natureza já havia apodrecido. Era ser romântico, ora bolas.

Os malditos lugares devidos, repito. Todo mundo sabia que o tesão estava lá. Na Augusta, Roosevelt. Porém ninguém anunciava. Éramos sobretudo covardes. Em 1983/84, os garotos (resolvi incluir toda a canalhada...) cumpriam etapas. Isso que contava: cumpri-las. Tanto fazia cumpri-las na aula de equitação ou na putaria.

A palavra "iniciação" fazia um sentido eminentemente prático. Não havia internet. Mas tínhamos o tempo da sedução (...) e as etapas, as malditas etapas tinham que ser (e eram...) efetivamente cumpridas. Só de lembrar fico de pau duro.

* * *

A Roosevelt era o lugar onde, afinal de contas, eu me exasperava feito um camundongo para dar veracidade à minha existência de garoto mimado, filhinho de papai. Nunca me imaginei morador da Praça. Eu figurinha carimbada.

Outro dia dei um autógrafo prum taxista. Logo eu, o Pai do Panda.

3

Um simpático burrico pasta na grama da praia

Ontem no almoço tracei uma galinha à cabidela. O sol nesse lugar é ultrajante... amanhã não posso perder o show do Dalto no Shopping Cabo Verde.

Vou comprar um chapéu.

Viajei pelo país. Vendi cosméticos e antenas parabólicas, fui garimpeiro. Tive uma escuna fantasma, tentei ser advogado e comi a mulher do vendedor de milho (duas vezes), entre outras coisas.

Ou seja: tudo pretexto para sair de São Paulo, da Rua Augusta, da Roosevelt.

Depois de quinze anos fugindo da cidade, aportei no décimo sétimo andar do Edifício Icaraí, que fica em cima do Sebo do Bactéria. Do terraço da minha quitinete enxergava a chuva que vinha da Serra da Cantareira, e lá embaixo o centrão de São Paulo: feio pra caralho. A Praça Roosevelt — me disse meu chapa Reinaldão Moraes — "é um cu virado do avesso". No alvo. Todo mundo comia aquele cu. Também iria comê-lo à minha maneira. Isso queria dizer me reconciliar com a cidade. Isso queria dizer pastel de feira, Eric Rohmer no Cine Vitrine, uma virgem gordinha e sua melhor amiga — Narah, a puta mais linda, linda — ... outra vez a Biblioteca Mário de Andrade e a chata de calcanhar sujo, um bocado de Vila Madalena, mais as galerias da Sete de Abril e, principalmente, o pinote.

* * *

Penso que em determinado momento todo paulistano quer dar o pinote. O sujeito cansa de violência, trânsito, poluição e resolve largar tudo, recomeçar vida nova na putaqueopariu e, regra geral, amaldiçoa a metrópole e sente falta da pizza, do pastel de feira, do trânsito, do manjericão e da violência, do pastel de feira outra vez, do café forte no Copan, de uma boa livraria por perto... e, em suma, em 100% dos casos (desde que seja um paulistano de verdade), resolve voltar para dar continuidade à vidinha de merda que levava antes, perto da padaria da esquina.

Comigo não podia ser diferente. Depois de dezesseis anos fazendo merda por aí (fui parar até no Amapá...) meio Raposo Tavares e meio Dharma Sleeping, estava de volta.

4
O começo da volta

Desse jeito, um pouco deslumbrado com meu retorno e outro tanto a me reconciliar com a cidade, conheci Bortolotto e o seu Cemitério de Automóveis. Que — para quem ainda não sabe — é uma companhia de teatro.

Isso foi em 2001.

Vou falar um pouco do Marião Bortolotto. Ele veio dos arrabaldes de Londrina, e não tem essas frescuras que anunciei aí em cima. Portanto, não é arriscado dizer que é um paulistano muito melhor do que eu, diria até mais "adaptado". Ora, se eu tivesse vindo do Jardim do Sol também o seria — mas isso não vem ao caso. Conheci-o antes da *Ilustrada*. Na época certa.

— O Marião tem uma mulher linda, ela fala trechos inteiros do seu livro... olhos azuis adormecidos, lábios carnudos, linda, inteligente, grande atriz.

— Teatro, Reinaldo?

— Linda, linda. Sua fã.

— Vamos lá.

Minha primeira e última experiência no teatro (antes do Cemitério...) ficou por conta das coxas de Matilde Mastrangi. A peça chamava-se *Uma cama entre nós*. Idos do século passado, 1983 ou 1984.

Para mim, era mais do que suficiente. O resto eram uns chatos dando entrevistas na televisão, e vez por outra, a Eva Wilma posando de "grande dama".

Isso e mais uns chiliques de uma bicha velha metida em batas (que usava as mãos pra falar) me desanimavam profundamente.

Mas um cara como o Reinaldo Moraes, autor de um livro chamado *Tanto faz*, merecia meu voto de confiança. "Olhos azuis adormecidos... ".

Eu fui.

Não devia ter ido, mas fui.

Hoje são minhas lembranças de frente para o mar que, embora muito recentes, prefiro chamar de passado. Ainda prefiro assim. Tudo lenda, festa nas quitinetes, ressaca.

Ou melhor: toda vez que eu lembrar do pouco tempo em que fui feliz, vou chamar essa lembrança de "tarde demais". Para mim, então, sempre vai ser tarde demais.

5
A volta. Ou: "Eu, um frango assado"

Quando voltei a São Paulo, minha situação não era grande coisa. Tive que parcelar o cu — quer dizer: saldei a operação das hemorróidas — em doze vezes. A primeira memória que tenho da minha volta à cidade (isso é difícil de dizer) remete à posição humilhante em que apaguei quando os médicos costuravam minhas hemorróidas. Eu, um frango assado.

Isso foi no começo de 2002. Nesse ano conheci três caras que me trouxeram para mais perto de São Paulo. Amalfi, Giggio e Loro. Por causa deles tive a convicção de que havia mesmo voltado para minha cidade. Eram crias do Bixiga, do velho Bixiga.

Minha avó nasceu na Rua 13 de Maio.

Numa cidade assassinada por outra cidade — que também não era a minha. As recordações dela não me diziam respeito. Jamais consegui — e nem me interessei — em contar 80 anos passados (dela...) como se fossem meus.

Nem como uma âncora no espaço aquilo me servia. Eu não queria aquelas cantinas bregas da 13 de Maio para dizer: "Vim daqui".

Passei muito tempo disfarçando meus itinerários, fugindo de um lugar que eu não conhecia. Fui até estudar no interior. Não sabia exatamente para onde voltar. Tinha somente a Marginal do Tietê para me dar boas-vindas. Era uma merda ter nascido em São Paulo.

A pior vergonha era ter sido criado em apartamentos. Eu era a criança do playground que brincava sozinha, nada de amigos. Apenas a babá negra para me vigiar. Uma história besta e comum de neto de imigrantes enfadonhos e bem-sucedidos. Nada demais. Daí a vergonha de dizer: sou paulistano. Isso até conhecer Amalfi, Giggio e Loro.

Quando ouvi o nome das ruas Santo Antônio, Conselheiro Ramalho, Rui Barbosa e adjacências pronunciadas por eles como se estivessem falando da Quinta Avenida, do Quartier Latin, da Rua do Ouvidor, posso dizer, bem, sem exageros, que "tive" quase que uma epifania geográfica.

A partir daí comecei a atinar tempo e lugar, e pude voltar de fato para a cidade que também era meu ponto de partida. As coisas se ligavam. Era como se o Rio Tietê tivesse sido despoluído pelo sotaque paulistano daqueles caras.

De certa forma, os três me enganaram. Porque viabilizaram meu passado inexistente e, ao mesmo tempo — assim, como se não fosse nada —, me supriam de notícias de um futuro improvável (que não se projetava para além) mas que acontecia naquele instante, no aqui e agora. Daí talvez a coincidência de os três parecerem antigos aos meus olhos. Também a felicidade e o sobressalto de estarem ali na minha frente cheios de vida, como se tivessem saltado daquelas fotos amareladas que eu havia repudiado com tanta veemência... ou como se fossem mesmo meus parentes, a me receber de um lugar que não existia até então, mas que era meu, de onde eu também me projetava com legitimidade.

A partir de Giggio, Amalfi e Loro adquiri minha identidade paulistana; meu Largo Paissandu, meu Bar Brahma, Oswald de Andrade e Guilherme de Almeida Prado, a resistência constitucionalista, guerra na Maria Antônia, ouro por São Paulo, enfim, eu não era mais aquele garoto triste e rico que havia crescido no playground.

A babá negra não precisava mais me vigiar.

Giggio, Amalfi e Loro eram Martins, Miragaia e Drauzio, e eu era Camargo assassinado nas arcadas do Largo de São Francisco.

Se eu vivi esse épico particular ou viajei na maionese, tanto faz. O que conta é que virei paulistano por causa do vinho com pão de torresmo que reparti com esses caras. Isso aconteceu num começo de noite. Idos de 2002.

* * *

Voltando ao Reinaldo Moraes. A partir do convite dele — "Olhos azuis adormecidos, ela é linda, linda... Ela quer te conhecer" — finalmente consegui tomar o lugar que sempre me escapava. "Ela" era o lugar-comum, era a cidade e era também Giggio, Amalfi e Loro. Sobretudo era o Marião Bortolotto, e o seu Cemitério de Automóveis. Era gente de verdade mesmo, que não pechinchava nas malditas gôndolas da vida.

Mas não era só isso. Não se tratava apenas de garrafas e mais garrafas de conhaque vagabundo esvaziadas reiteradamente em copos de plástico e madrugadas geladas. Não estou falando das minhas recusas de antemão, nem tão-somente de um blues antigo nem do último trago no bar da frente antes de o sol nascer.

Quero dizer que Jack Kerouac jamais — e sob hipótese alguma — apareceria, nem ele e nem o Papai Noel. Ou melhor: não se tratava apenas de uma questão romântica esgotada em si, o preço a pagar era outro.

As "gôndolas" não eram apenas uma saudade destoada. Tinham um além, e um porém.

Não pechinchar nas malditas gôndolas da vida era um sinônimo quase necessário de integridade, conhaque vagabundo e de um estoicismo um tanto histérico, vá lá, mas também — e sobretudo — era zoar com o fracasso, dar de ombros para a dor e, meio que de inopino, flertar com a morte.

Teve gente que não agüentou. Que não conseguiu bancar o rock-and-roll e as subseqüentes gôndolas vazias. Tudo muito bonito e triste. Uma merda. Que Deus a ilumine, Marisa.

Hoje, aqui, de frente para o mar, olhando para o burrico que pasta mansamente na grama da praia, vejo que — apesar dos pesares — o saldo foi positivo. Acho que sim. Se eu enlouquecesse... sinceramente, se eu enlouquecesse, estaria numa situação bem mais confortável e verossímil.

6

Vanusa ou o céu no lugar errado

São 3h30 da madrugada em João Pessoa. O céu realmente tem estrelas; e uma coisa eu sei: elas estão no lugar errado. Parece que alguém mexeu na abóbada celeste só para me sacanear. Isso mesmo: o céu está mais perto de mim, e eu não me sinto nada confortável com essa aproximação.

No entanto, se eu quiser acreditar que — agora mesmo — meu amigo Marião B. acabou de encaçapar a bola certa, ou esmurrou o babaca da vez, bem, se eu quiser acreditar que o último bitinique deu as caras, poderei, enfim, dormir menos apreensivo. Que assim seja.

Eu diria que o Marião é o cara que reúne os atributos essenciais para que a espécie humana evolua com as devidas encrencas e sobressaltos. A receita é simples:

1. pedir mais uma dose;
2. antecipar o próximo lance;
3. encaçapar.

O resto, creio, fica por conta do almoxarifado e do setor de administração — que evidentemente tomarão as decisões erradas.

Eu sempre fui mais de remoer.

Ontem saí pela primeira vez na noite paraibana. Sentei num quiosque à beira-mar muito simpático, o Buraco da Coruja, e entabulei uma conversa com uma garota de no máximo 10 anos de idade.

Ela queria que eu contasse coisas de São Paulo. Eu lhe dizia — como se falasse para um burrico imaginário — que a pretensão é o crime, não o fato. Me referia à arquitetura da nova João Pessoa. Por outro lado, disse à garota que aquilo — "A pretensão de ser o que não se é" — me enternecia e fazia com que eu, entre outras bobagens, acreditasse no arrependimento humano.

A garota havia perdido o contato com a irmã mais velha, que se virava de arrumadeira e babá em São Paulo. A última notícia que teve foi a de que a irmã trabalhava numa lanchonete na Rua Major Quedinho.

As noites são quentes na Paraíba. Quando ouvi "Major Quedinho" logo me veio à memória o Gruta.

Um salão de bilhar que fica defronte do Bar do Estadão, então — por instantes — me esqueci completamente da garota, balbuciei alguma coisa para ela, ou lhe paguei uma refeição e lhe dei o endereço do flat onde eu estava hospedado.

— Tô meio besta, perdido de saudades — disse algo assim para Vanusa. Chamava-se Vanusa.

* * *

No dia seguinte ela foi me procurar. Aquela negrinha — descobri em seguida — além de se chamar Vanusa, tinha 12 anos, e vendia seu corpinho mirrado no Buraco da Coruja e nos quiosques vizinhos.

7

A primeira noite de Vanusa

Eu não sabia o que fazer com aquela criança. Ela, ao contrário, sabia perfeitamente porque estava lá, e me pediu algo para comer.

Ofereci um sanduíche de atum do frigobar. Vanusa disse que não gostava de peixe. Queria um lanche. "Um xis", como ela disse. Em menos de dez minutos havia demarcado o território, tomado seu banho e devorado o xis-qualquer-coisa.

Vanusa me garantiu que o melhor daquele lugar era o lanche, depois vinham as toalhas macias e o ar-condicionado. Putinha habituée. O corpo mirrado envolvido na toalha felpuda não combinava com ela, muito menos comigo.

Barriga cheia, banho tomado.

A ordem natural das coisas dizia: "Chupa o pau desse filho-da-puta". Não deixei. Fiquei constrangidíssimo, e achei melhor eu mesmo lhe chupar a bucetinha sem pêlos, escurinha e viscosa quase na medida certa da "ordem natural das coisas".

A companhia de Vanusa estranhamente me serviu como uma liga entre o que vinha à minha memória e aquilo que meu pudor não exigia mais que eu descartasse. Isto é, eu não havia perdido 100% do pudor, tanto que a afastei quando ela se ajoelhou para chupar minha rola... E o mais curioso: ao mesmo tempo, consegui conectar — por meio do carinho proporcionado a Vanusa (toalha felpuda inclusive) — passado recente e presente imediato.

Dentro da genitália quase impúbere (embora viciadíssima) daquela puta-mirim, eu lembrava dos meus amigos com uma lucidez quase sobrenatural — tinha muitos amigos — e sorvia o líquido que escorria dela, e era como se ela me ouvisse de verdade. Se antes de Vanusa, eu tinha vagas lembranças e uma saudade nocauteada, agora, ah, agora minha memória era puro arrebite.

Em última análise, não fazia diferença como ela me ouvia; fosse pelos ouvidos ou pela xoxota, tanto fazia. Para mim o que importava era que a negrinha dava liga! E foi assim, a partir de Vanusa, que me veio à lembrança o boteco do cearense, bem defronte do Centro Cultural São Paulo.

Bebuns ao redor da mesa. Marcelo Montenegro é aquele cara que veste uma calça velha de abrigo, e usa um tênis furado de futebol de salão. Está sentado ao lado do Negão, que faz uns bicos de segurança e é sócio do Batata na Bedrock Vídeo. Marcelo também é sonoplasta, iluminador e fã do Dr. David Banner da "Sessão Aventura", o único e *Incrível Hulk* que merece meu crédito.

Eles vieram de São Caetano do Sul. Conheci Marcelo antes mesmo de sua poesia (ou teria sido o contrário, e eu não percebi porque não sei fazer a diferença entre uma coisa e outra?). Bem, de qualquer jeito, quando a gente conhece o Marcelo, dá uma vontade danada de comer frango com polenta nos irmãos Demarchi, e descer a Serra de Santos embalado pelas canções de Roberto Carlos. Também dá vontade de ter uma mina legal e jogar conversa fora. Ele é autor de um verso simplesmente desconcertante. Assim: "meio Buster Keaton, vago e indiferente... Se divertindo um bocado / mijando no poste porque o banheiro está sempre lotado". Vou dizer uma coisa: faltava humanidade nos livros que eu andava lendo antes de achar o Montenegro. Havia muito poeta para pouca poesia. Uma situação estaria necessariamente ligada à outra? Não, acho que não.

Marcelo é o amigo de colégio (que não tive) que escreve uns versos lindos. O filho-da-puta me fez chorar com o livro que publicou. Mas eu jamais ia falar um negócio desses pra ele. Em primeiro lugar, porque estou cansado de ser enganado por falsas mulheres e falsos poetas, e depois porque preciso dar umas férias para os meus Exus — não sei se vou conseguir aqui em João Pessoa... Saí de dentro da negrinha, e perguntei:

— O que você acha, Vanusa?

Ela murmurou alguma coisa, e eu disse:

— Tenho que insistir na mesa de bar, garota.

Voltei para dentro dela e às lembranças. Eu pedia outro trago de vinho vagabundo no copo de plástico, e já queria, desde aquele momento, cair fora... feito o Dr. David Banner das recordações do Marcelo — se fosse possível ao som de um piano triste.

Ah, meu Deus!

A vida não devia prestar contas para a literatura. Por que a gente tem que "pedir informações apenas para não perder o costume de estar sempre perdido"? Por favor, Vanusa, me responde...

Sabe, garota-xota — pensei comigo mesmo —, eu queria ser como o Marcelo, e pedir um "enroladinho de presunto e queijo" depois da síndrome do pânico. Mas não consigo. Oh, Deus, meu Deus! O que eu estou fazendo aqui nessa praia, dentro dessa garota?

Por que temos que "dinamitar as pontes que atravessamos"?

Saí de dentro de Vanusa, fui para o terraço do flat e prossegui comigo mesmo, olhando o mar: Saudades filha-da-puta. O que mais eu tenho? Quarenta anos, pentelhos embranquecidos e uma biscate-mirim que não está nem aí comigo. Droga! A memória daqueles cinco anos está apenas começando, e eu já estou dilacerado... aqui, de frente para o mar, lembrando dos meus amigos.

Sem exagero — agora eu sei — posso dizer que o Marcelo é o Recruta Zero que humanizou o Bandido da Luz Vermelha... e ao mesmo tempo é o bandido que jamais vai perdoar o vacilo. "Quem tiver sapato não sobra". Genial. Sganzerla idem.

Prossegui: falar sozinho, aliás, é mais do que ter amigos na poesia do Montenegro. Ainda que amigos não existam, será possível (sempre) contar com eles e pedir mais uma dose.

Creio ser essa a engrenagem que, entre uma e outra talagada, facilita o vislumbre de um Deus sacana a embaralhar as cartas. Esse mesmo Deus podia ser "uma banana quase preta na fruteira", uma foto tremida. Também podia ser a lembrança desses caras sentados à mesa do bar, falando merda, enchendo a cara.

Ou as guimbas da noite passada, um livro de poesias que de qualquer jeito vai se escrever sozinho na poeira dos dias, livre dos poetas e da retórica, independente das chatices e da erudição. Esse Deus... ou um "troço complicado que acontece quando a gente simplifica"... podia ser mais: podia ser Vanusa.

Algo que não se mede apenas pelo mérito em si, mas pelo que fica martelando aqui neste nosso mundo escroto, de frente para o mar, na Rua Augusta, dentro de Vanusa, tanto faz.

* * *

Então fui para a rede e a negrinha aboletou-se sobre o meu peito. Eu disse a ela: "Aqueles caras do bar, sentados ao redor da mesa da memória, sabem que existe uma fratura e que 'nem todo perna-de-pau tem seu dia de craque'. A vida não pode ser em vão."

Ela havia dormido sobre meu peito. Com jeito, consegui sair da rede sem acordá-la. Voltei para o terraço, e pensei: "Se fosse em vão também não conseguiria chorar pela falta de cinco caras falando merda em volta de uma mesa de bar; acho que não."

8

Vanusa no flat

Depois de ter instalado Vanusa no flat, emendei a primeira história do Montenegro às histórias do Régis, o faz-tudo do Cemitério de Automóveis (mais adiante dou detalhes).

Isso foi no dia seguinte, antes de pedir o café-da-manhã. A negrinha ofereceu-se "por dentro", e eu declinei. Mesmo assim ela abriu as pernas e, embora apenas a olhasse, era como se eu estivesse lá dentro a sorver seus líquidos-mirins, a lembrar, lembrar.

De modo que tive uma grata surpresa. A partir daquele momento "a liga da xota" passou a ser — sobretudo para mim — um acontecimento transcendente. Quase espiritual, eu diria.

No começo, eu acreditava que a negrinha Vanusa podia ser um passatempo. Uma distração. Mas não foi bem assim. Foder — literalmente, foder — com uma garota de 12 anos, além de ser um negócio exótico e proibido, acabou sendo — devido àquele sentimento de saudades que me atazanava — algo surpreendentemente sem graça para mim.

Achei que a tal "liga" ia dar certo, e deu. Tudo bem. Mas não foi exatamente pela "textura" da negrinha que insisti naquela situação. Não sei por que insisti com ela. Havia uma urgência, e havia algo premeditado para sair do controle, quase uma catástrofe à clef. Faltava Deus.

Talvez eu precisasse de um problema. Ou quisesse experimentar um risco real e desnecessário para confrontá-lo com os fantasmas e as lembranças que não desgrudavam da minha memória. Sabe-se lá.

Quando dei por mim, a negrinha havia se instalado no flat. Às vezes a gente fodia mesmo, fodia pra valer. Mas, via de regra, nosso sexo se resumia às chupadas e aos banhos de sabonete líquido e xampus que eu comprava para ela — algo que eu — para consumo próprio, repito — resolvi chamar de "espiritual".

Vanusa, insisto, tinha uma bucetinha escura e viscosa na medida certa do fetiche ou do lugar-comum. Às vezes a solicitava aos assobios, e a chamava de "Pequena Nativa" (isso era mais prazeroso do que o sexo, a bem da verdade).

Às vezes me dava a sensação de que eu era um inglês enfadado em plena Índia colonial do século XIX. Ela quase não tinha pêlos.

Outras vezes, me sentia um vestibulando prestes a entrar na *Casa das Belas Adormecidas* do Kawabata quando, na verdade, o que eu queria mesmo era ensejar uma *Despedida em Las Vegas*.

Nem uma coisa nem outra. Haja vista que Vanusa, a negrinha, não reconhecia meus métodos, e estava lá comigo, no final das contas, para ter um lugar onde comer, tomar banho e dormir. Ou seja, ela não gostava do uísque que eu entornava, e preferia os aditivos. Tipo as drogas de sempre: cocaína e salgadinhos da Elma Chips.

Eu não sabia por que havia me hospedado naquele flat, nem como nem onde havia conseguido dinheiro para bancar tamanha mordomia. Não entedia por que, de repente, meus pentelhos haviam embranquecido... e por que aquele velho árabe, de olheiras azuis e olhar grave, ocupava meu lugar no espelho?

Sabia vagamente que devia lembrar de um passado recente, e que Vanusa era meu estepe, meu amor, meu desvario, mas não entendia o motivo. Então mais uma vez remoía tudo.

Sei que fui objetivamente descuidado, e subornei os funcionários do flat como se pedisse a conta de um prejuízo qualquer. Talvez tenha sido mais arrogante do que displicente "Eu pago. Quanto é?"; mas sobretudo não fazia a menor diferença entre mandar abastecer o frigobar e/ou subornar o gerente do flat.

Eu seviciava uma menor de idade, e isso, para mim, era algo muito natural.

Tipo pegar o violão e dedilhar uma canção do Ronaldo Bôscoli. Nem era por tesão, acho que não. Minha intenção era encher a cara, remoer minhas lembranças e chupar a bucetinha escura e viscosa de Vanusa. Ou seja, exercer o lugar-comum que me cabia.

Se me descobrissem, tanto melhor. Uma coisa só, além das lembranças, me incomodava: na condição de rematado pedófilo, eu não tive a compulsão de registrar aquilo em arquivos, fotos, vídeos... essas coisas típicas do gênero.

Cheguei a especular: será que a pedofilia podia ser uma extensão da minha memória? Se fosse o caso — pensei —, eu seria uma espécie de avanço tecnológico nesse tipo de patologia, uma vez que prescindia de arquivos, fotos, vídeos etc. Ora, então eu havia me transformado num tarado perfeito?! Quer dizer que ninguém jamais iria me descobrir?

A partir daí entendi que o descuido era a única coisa que eu podia fazer em benefício próprio. Vale dizer, eu continuava o mesmo carola de sempre: comungava, levava Vanusa à missa e me emocionava todo final de tarde com o pôr-do-sol... e com as comidas típicas do lugar. Era um turista!

Ah, meu Deus!

Para não ficar louco, chupava a negrinha — por dentro ou por fora — e a cada chupada minha memória tinia de lucidez e encanto.

9
Uma questão de lógica

Em 2003, o Cemitério de Automóveis havia alugado um teatro na Rua Conselheiro Ramalho. Belo teatrinho. Aos poucos eu ia conhecendo a rapaziada, participando das festas e me inteirando das encrencas e sobressaltos.

As mulheres — Noemi não conta... — ainda me escorregavam pelas mãos, e eu dividia meu tempo entre fazer nada acompanhado pelos bebuns do Cemitério, e fazer coisa nenhuma nos encontros no Franz Café, na Vila Madalena. Havia recém-publicado meu *Herói devolvido*, e o pessoal do Franz — com exceção do Salum e do Ricardinho — me puxava o saco na maior cara-de-pau. Em princípio, eu achava que não devia misturar Vila Madalena com Bixiga. Bobagem.

Curioso como Vanusa sentia ciúmes dos meus fantasmas. Várias vezes ela me pedia para que eu descrevesse os lugares, a cor do cabelo de Noemi; miudezas que eu desconsiderava mas que, aos poucos — conforme a insistência dela — acabariam por me ajudar a lembrar de histórias relevantes que, na certa, passariam despercebidas se não fosse a cobrança e a contrariedade declaradas da negrinha.

Diferentemente do que pensei, nem Vanusa nem nada do que acontecera e do que havia de acontecer (comigo e com minhas lembranças) era um detalhe a ser desprezado. De inopino — entre um e outro banho, uma e outra chupada — aquela negrinha se incorporava à minha memória.

Sem exagero, eu poderia dizer que ela já fazia parte do meu passado, que ela, Vanusa, era quase tão morta quanto a felicidade da qual eu havia tentado escapar quando escolhi sumir da Praça Roosevelt.

Seguindo essa lógica, ora, só faltava mesmo suprimir ficção e realidade. O cálculo era evidente. Isso queria dizer nada mais nada menos do que assassiná-la.

10

O conhaque não bebido

De minha parte, era isso: ternura, exasperação, tesão e uma saudade filha-da-puta dos tempos em que eu freqüentava o centrão de São Paulo, Roosevelt e arrabaldes. A deliciosa esfiha do Tahine, um boteco que fica na Galeria X entre a Sete de Abril e a Barão de Itapetininga.

Outra vez lembrei do Mário e da Fernanda. Quando os conheci, eles estavam numa merda considerável. Em pouco tempo, iriam "decolar". Isso, "a decolagem" — é bom assinalar — não quis dizer muita coisa pro Mário. Talvez tenha atingido a Fernanda no contrapé. O Mário não. Não é o caso de afirmar que ele esteve/ estava e estará pouco se cagando para o sucesso e o reconhecimento dos cadernos culturais. O que quero dizer é que ele adquiriu (independentemente dos prêmios, do coreano ardiloso e da puxação-de-saco generalizada) uma autoridade incontestável para esmurrar quem quisesse. Essa autoridade, repito, foi "adquirida".

Bem, eu não estaria sendo menos correto se, em vez de falar de uma "autoridade adquirida" — algo que pode ser justamente confundido com truculência e gratuidade — falasse em uma erudição que antes de tudo é afeto. Esse é o melhor filtro do Bortolotto.

Pude comprovar isso tudo numa peça chamada *Homens, santos, desertores*.

Num instante luminescente, no teatro quase vazio, quando o personagem disse: "Vai fazer o que tem de ser feito, garoto"... entendi o começo, o meio e o fim, a literatura e os tragos que ele consumiu, o Jardim do Sol de onde veio, os focinhos que ele arrebentou por aí e as porradas que levou.

A partir daquela breve fala, as coisas se explicaram para mim e, assim de supetão, mesmo sem entender bulhufas, passei a gostar e a freqüentar o espírito das músicas que o Bortolotto ouvia e as encrencas em que se metia.

Quase viro um bluesman.

Lá do meu jeito, é claro. O blues que eu "ouvia" queria dizer — entre um e outro conhaque *não* bebido — os coturnos e a camiseta amassada do Frankenstein que ele usava, e que eu jamais usaria.

Em outras palavras: passei a respeitar o cara. Até mesmo as HQs e o futebol que nunca me disseram coisa nenhuma, a partir do Mário passaram a ter um significado diferente para mim. Senão por conhecimento de causa, por confiança.

Claro que eu não ia substituir os meus Piazzolas pelos criolos do Mississippi que ele tanto venerava, da mesma forma, por exemplo, que ele jamais trocaria as fogazzas do Gianotti pelos quiches do Spot.

Na verdade, eu e o Mário não tínhamos quase nada em comum. A não ser a volúpia de socar o nariz de pentelhos metidos a clown, e a distância que soubemos manter um do outro.

Sobretudo a distância.

Às vezes, penso que uma boa amizade não precisa mais do que isso. Não se trata de tolerância, mas — repito — de respeito. Foi assim que adquiri a liberdade de chamá-lo Brucutu Fundamental.

11

Vanusa tão recente, e tão necessária

Vanusa não dá mais palpite. Estranhamente não quis saber o significado da palavra "dissipação". Desdenhou do meu bandoneon e de minhas Plazas desesperadas & impossíveis. Não fez mais nenhuma objeção quanto ao penteado nem à cor dos cabelos das mulheres das minhas lembranças, e aparentemente distanciou-se de mim. Isso me preocupa.

Vanusa não se diverte mais com minhas lembranças. Às vezes também me sinto entediado (embora satisfeito) e o remoer de rancores e lembranças não excita minha memória como antes. Antes eu a tinha, ela, negrinha-fetiche, à mão, física e espiritualmente. Agora não. Era como se — sem saber — eu tivesse trocado minha folha corrida pela companhia de Vanusa.

Hoje de manhã ela me pediu 100 reais, e eu, pela primeira vez, depois que abandonei São Paulo, me senti infeliz por estar feliz.

Pensei: "Agora vou me livrar desse bichinho tosco."

Simples assim: pensei que fosse simples. Ora, Vanusa não passava de uma putinha-mirim que prolongava por mais alguns dias o programa da noite passada. Ficou por lá. Qual o problema? Estendeu o café-da-manhã, o banho e a estada. Serviço feito, serviço pago.

Mas não foi assim. Quando a negrinha me pediu uns dias para ir visitar a mãe, que mora no interior das Alagoas, confesso, senti um nó dentro do peito.

Finalmente era refém do lugar-comum. Com "nós dentro do peito", e tudo que tinha direito. Quase um pedófilo profissional, confesso: tive ímpetos de fotografá-la para bater umas punhetas quando a saudade apertasse.

Ia ter de ficar sozinho, e não sabia se ela voltaria.

E se ela, que agora já fazia parte dos meus desacontecimentos, desistisse de ser o meu penico espiritual? E se a negrinha não voltasse?

Tive medo de perder o fio da meada e morrer. Uma coisa era fazer o que eu fazia antes de conhecê-la no quiosque, que era conversar comigo mesmo e deixar que o fluxo e o sentimentalismo me levassem para qualquer lugar. De certa forma, esse "lugar" era meu. Antes de Vanusa, eu remoía lembranças como se tomasse mais uma dose de uísque. Isso foi semana passada. Vanusa tão recente, e tão necessária.

Outra coisa, porém, era ter a negrinha por perto — e efetivamente cometer um crime, e usá-la, sei lá, como testemunha... parâmetro/âncora.

O lastro de Vanusa era o *trottoir* na orla da praia. Eis a questão. O que ela me oferecia era uma alma quase sem pêlos e condenada de antemão à lata do lixo. Quarenta quilos de miséria brasileira contra mil toneladas da minha corrupção em estado avançado de degenerescência.

Aqui temos um fato consumado. O seguinte: me considero um mamute. E não estou sozinho. Incluo meus amigos e desafetos, minhas lembranças — o deboche, a fúria, e o lirismo e a poesia que recusei por delicadeza — e a vida jogada fora por opção e sarcasmo. Tudo isso e mais uns abismos sobrevoados em vão, tudo era refugo de uma alma autoritária e esgarçada, minha alma, destoada desde sempre no tempo e no espaço, e tudo isso, digo, minha "alma" ou "folha corrida", estava fora de questão ao ser confrontada com a negrinha e a realidade que fazia — digamos — "que fazia"... isso mesmo, confrontada com "a realidade que fazia lá fora": como se os 40º C à sombra naquela João Pessoa adaptada para o turismo de negócios (estou falando da arquitetura brega, dos festivais de cinema e da prostituição infantil) tivessem aniquilado meu passado recente e os meus já cansados e debulhados miolos.

Se eu quisesse errar no alvo, chamaria isso de amor não correspondido. Vanusa não estava nem aí pra mim.

Suor e modorra correlatos, me sentia assim, eu e todas as inhacas, lembranças e desfazimentos que carregava comigo: eu e meus animais em extinção.

Pensando nisso, resolvi não deixá-la partir. De modo que, de agora em diante, ela seria minha cativa. Se preciso fosse a acorrentaria na pia do banheiro. Eu precisava daquele bichinho para me acusar... para me diminuir-ignorar ou até para me salvar de mim mesmo. Eu não podia deixar meus rancores e meu lirismo escaparem de mim. Em última análise, Vanusa, a negrinha, ela mesma, é quem ia ser a narradora dos meus falecimentos.

12

Os pedófilos também amam

Então fiz um acordo.

Claro, um acordo que, em tese, somente beneficiava a mim. De jeito nenhum ela poderia desconfiar da importância que tinha.

Importância de escrava, e de carrasco. Pedi mais um mês a ela. Em troca iríamos ao Shopping Cabo Verde e eu lhe compraria todas as roupas, brinquedos e badulaques que quisesse. Se fosse o caso, a levaria ao McDonald's e ao show do Bruno & Marrone. Aquela garota tinha 12 anos. As reações obtusas dela, as caretas que fazia, o enfado e o não entendimento é que me davam, entre outras coisas, liberdade para seguir em frente. Para mim, ela era uma Sherazade às avessas.

Com um adendo: sem saber salvava sua pele e a pele do seu senhor que, na verdade, não passava de um escravo.

Isto é, entre o fetiche do início e o amor que se insurgia em meus planos, optei pelo vacilo (com uma insuspeita inclinação para o amor) — mesmo sabendo que pagava caro e que dificilmente teria algo em troca.

Não que eu tivesse aberto mão da tara ou desistido da contrapartida afetiva. Os pedófilos também amam. O que quero dizer é que, diante da encrenca em que havia me metido, de nada adiantaria idealizar e/ou cobrar qualquer tipo de envolvimento, fosse amoroso ou pornográfico. Então decidi: ela teria o que quisesse de mim, contanto que me ouvisse e abrisse os gambitos para ser lambida.

13

Shopping Cabo Verde

Naquele dia, gastei uma grana fodida com Vanusa. Tive que levá-la — conforme havia prometido — ao Shopping Cabo Verde. Que fica defronte à praia de mesmo nome. Vanusa queria porque queria caminhar no calçadão. Objetei por conta das sacolas de compras pesadas que carregávamos e a garota quase deu um xilique. Para não chamar atenção, pedi a um quiosqueiro que tomasse conta dos pacotes. Muito mais lascivo do que gentil — decerto intuindo alguma coisa errada —, "compadeceu-se" da minha situação e aproveitou para me convencer a tomar um uisquinho e alugar duas cadeiras de praia. Isso foi só o começo.

Nem seria preciso dizer o quanto fui explorado

pelo filho-da-puta do quiosqueiro. Então vou falar daquele final de tarde.

Debaixo do guarda-sol, e atolado na cadeira de praia, vi a negrinha correr em direção ao mar e lembrei preguiçosamente do meu desejo de ter uma filha.

Bem diferente daquela garota de olhos tristes e amendoados que olhava para baixo nos meus contos, crônicas e romances, Vanusa, a negrinha, me pediu para construir um castelo de areia perto do mar e eu acabei — depois de quatro uísques e duas porções de queijo à milanesa — e ainda por conta da minha imobilidade também, comprando para ela um brinquedo que soltava bolhas de sabão.

E a ensinei a soprar bolhas a favor do vento. Quase incrédulo. Não porque desacreditasse em castelos que se desmanchavam na areia (a imagem é brega, mas necessária), mas porque me surpreendia comigo mesmo.

Um final de tarde cor de laranja. Ali estávamos: eu e a negrinha... logo eu!!, a ensinar uma putinha de 12 anos a soprar bolhas de sabão na direção do vento. Nunca me imaginei ensinando qualquer coisa para ninguém. Nem seria preciso dizer: bolhas de sabão não são "qualquer coisa". Nem seria preciso dizer que o sol era mais laranja naquele final de tarde por causa da negrinha.

Nem seria preciso dizer: bolhas de sabão são feitas com o mesmo material dos castelos que se desmancham na areia. Sonhos. Não há diferença. Apenas uma questão de localização. Se eu fosse poeta, e se acreditasse em sonhos, diria: um se desmancha no ar e o outro é arrastado pela correnteza.

14

São Paulo, 2002

Fiz a negrinha prometer que não ia abrir a boca. Para não correr riscos, a tranquei do lado de fora do terraço. Para mim, era fundamental tê-la à mão. Queria vigiá-la. Enquanto ela se divertia com o iPod que ganhou — devia estar ouvindo alguma merda porque dançava feito uma puta (às vezes eu esquecia que ela era mesmo uma puta!) — pude, enfim, lembrar alegremente de Tatá, Kayo.

Isto é. Tatá tinha 20 e poucos anos, bronzeada e muito culta, mandava bem no conhaque e nas cartas sacanas que me enviava quando eu morava na praia do Santinho, em Santa Catarina. Cartas com rodapés em francês (de que eu não entendia bulhufas). Todavia coisa fina, muito "chique" como dizia o Caveirinha — que também se apaixonou por ela e quase enlouqueceu. Depois eu falo do Caveirinha.

Tatá era uma colecionadora de artistas. Tinha a cabeça deles grudada na parede de sua casa. Quem me revelou esse detalhe foi meu amigo Nilo, outro que virou presa dela.

Ela queria minha cabeça para troféu. E eu estava realmente interessado em posar ao lado dos ilustres que decoravam a sala de caça da garota. Uma bela coleção: matadores e pistoleiros, cineastas, atores e ladrões de bicicleta, dramaturgos bissexuais, candidatos a escritores e escritores consagrados, sambistas, odaliscas e pierrôs, anões e mágicos, todo tipo de gente que tinha genitália e se metia a artista, Tatá traçava.

O pai dela era viado e boa gente; a sexualidade do pai... como é que vou dizer? Bem, o fato de o pai ser um cara descolado a ponto de dar o cu e chupar picas, fazia parte do cardápio da garota. A mim pelo menos impressionou, e então imaginei que, em princípio, o "cu afrouxado" do pai da Tatá serviria para me deixar mais à vontade. Mas o efeito foi o oposto.

Eu juro que quis entrar na galeria da Tatá. Juro que me aproximei e não consegui. Não que tenha algo que me impeça de fazer cagadas. Ao contrário, sou especialista em arrumar sarna pra me coçar. A questão toda era minha travação. Com o agravante, nesse caso, da sala de troféus.

Sei lá, vai ver que algum santo me protege (ou atrapalha...); o fato é que não tenho capacidade para servir de troféu, nem de ganhá-los.

Quando entrei na casa da Tatá pressenti a sala de troféus e travei. Foi isso. Não passei da porta. Perdi completamente o tesão por ela. E o calcanhar da Tatá também lembrava o calcanhar da Noemi.

Tirando Tatá e Noemi, minha vida sexual ameaçava levantar vôo. Nesse primeiro ano em São Paulo, no entanto, ainda recorreria às putinhas. Virei freguês das casas de massagens tailandesas. Ah, Kayo... que saudades!

Nesses lugares as garotas carregam toalhinhas nos ombros, nos atendem vestidas de branco e o melhor de tudo é saber que você não freqüenta um puteiro, mas uma "clínica". Foi numa "clínica" dessas que conheci Kayo.

15

Passado, presente e futuro

Quero acreditar que Vanusa, a negrinha, foi a primeira garota que escolhi e que, de certo modo, me escolheu — e que não estava, e nunca esteve, e jamais estará nem aí pro meu blablablá, e respectivo currículo.

Sejamos claros: ela ouvia minhas histórias porque eu pagava. Se fosse o caso, Vanusa me amaria pelo mesmo motivo: porque eu pagaria.

Aos 12 anos, uma profissional do corpo e da alma — posso garantir que sim: embora ela não soubesse lidar com o próprio corpo e nem desconfiasse que possuía uma alma.

A negrinha apenas queria um lugar para comer e dormir. Isso foi antes de eu acorrentá-la à pia do banheiro.

Uma só vez me pediu 100 reais para ir visitar a mãe. Se bem entendi, a mãe havia feito um aborto e estava à beira da morte, ou algo que o valha.

Não que ela não quisesse ter suas barbies e seu xibiuzinho devidamente lambidos por mim.

Isso era o básico (porque eu também lambia as bonecas barbies) e, além disso, havia lhe dado um iPod de presente.

Da minha parte nenhum sobressalto. Nem quando Vanusa me surpreendia.

Vejam só que curioso. Uma tarde eu estava ouvindo Frank Sinatra de frente para o mar, e ela, aninhada no meu colo — pela primeira vez — concordou ou compartilhou comigo algo que me dizia respeito: "Gosto dessa música."

Pra gostar, tem de ouvir.

Simples e surpreendente por isso mesmo. Qualquer um — até uma putinha de 12 anos — vai gostar de ouvir Frank Sinatra cantando Cole Porter. Para tanto basta ligar o ar-condicionado no máximo e esquecer a gritaria da Ivete Sangalo do lado de fora.

Ou: só isso. Aliás, boa frase para resumir o passado, o presente e o futuro de Vanusa: só isso. O que ela tinha/queria ou precisava estava à mão. No caso, era eu mesmo, e meu dinheiro. Podia ser a pança branquela de um gringo, uma doença venérea, minha memória ou as memórias de qualquer outro infeliz. Para ela tanto fazia.

16

Contabilidade

Enfim. Da mesma forma que eu valorizava minha inócua relação com Vanusa, tentava entender por que algumas garotas se identificavam com as coisas que escrevia.

Mas não consegui entender. Elas, as garotas, queriam ser escritoras, queriam ser Márcia Denser. Mas na hora em que a coisa pegava não agüentavam o tranco — diferente da negrinha. A própria Márcia me disse: "São arquétipos, e eles dependem de você para ter vida. O melhor a fazer é manter distância. Só use quando for necessário. Se você não os desprezar, eles o engolirão."

Acontece que esses arquétipos — antes de Vanusa — geralmente contavam 19 anos, eram lindas, tinham lábios carnudos e pele macia... chupavam, palmeavam e davam o cuzão mal-lavado deliciosamente.

Faziam Letras na USP. Eram até bem-humoradas, e me engoliam pra valer. Ah, que delícia o mundo da semiótica!

Aí quando os arquétipos sabiam que eu estava escrevendo um novo livro, ficavam apavorados. Mandavam e-mails pedindo pelo amor de Deus, "por favor"... enfim, eram uns merdas esses arquétipos: morriam de medo de virar meus personagens. Não queriam existir — se é que a ficção pudesse matar o que já estava morto. Eles apenas queriam me zoar, engolir.

Se eu soubesse das decepções que sofreria por conta da mesquinharia dessas garotas-símbolos, eu simplesmente diria: "Procurem um mano do hip-hop... ou algo do tipo. O máximo que ele pode fazer com você é uma rima." Mas não conseguia.

Acabava me apaixonando pelos arquétipos, por elas — ou por mim mesmo. Não podia dar certo. Os garçons e ajudantes de eletricistas têm a punheta e o futebol para resolver esse problema de símbolos e arquétipos. Eu sempre compliquei as coisas. Assim — de sobressalto em sobressalto — conheci Gil, depois Janaína e também Norah e Estelinha. Cléo foi todas ao mesmo tempo. E Noemi não conta. Ah, Loreta! essa sim uma garota de verdade. Também tive Simone... lembro que a deixei chorando no ponto de ônibus.

Cazzo! Esqueci da Carola e da Dani, que gostava de uma vodca... e da Cris, que foi para Lisboa... e da

Elis, que quis me enrabar... Essas quatro não têm nada a ver com arquétipos e signos. São antevisões. O tipo de mulher inteligente que se estivesse na posição de Joana decerto saberia capitalizar meu grito infernal de amor. Ah, como Joana foi mesquinha... Em outra instância, também "temos" Bianca, Maria Eduarda e a garota que trabalhava de doméstica; esta última raspava a buceta e ia prestar vestibular para História — dei a maior força.

17

Um uísque a mais

Outro banho de água fria que essa terra aqui é muito abafada... em seguida vou falar da Loreta.

Antes, porém, tenho que dizer que o gerente do flat me chantageou. Tive que soltar uma boa grana na mão do filho-da-puta. Uma despesa acima do meu planejamento. Primeiro, porque pela primeira vez notei que o meu dinheiro estava mesmo no fim. E depois porque tive que negociar em "bases" que não eram as minhas. Saiu muito caro. O filho-da-puta queria dividir a garota comigo: ou seja, cafetiná-la. Não aceitei. Nunca entendi e não aceitaria "a coisa" nesses termos. Nunca me passou pela cabeça que eu estava "explorando" a negrinha. Ao contrário.

Diante da chantagem, pensei até em mandar Vanusa para a rua ou para casa da mãe, o que dava no mesmo. Mas eu não podia mais viver sem o meu peniquinho auditivo. Daí que paguei pela "exclusividade". Tinha muito o que lembrar. Se eu a mandasse para rua, mandaria junto o fio da meada.

No limite, teria uma overdose de lembranças.

Alertei Vanusa sobre a chantagem, e a proibi de pisar no corredor do flat sem minha autorização.

18

À Loreta, portanto

Conheci-a dando pinta de fodão. Eu falava mal de Ed Motta na mesa do bar. O fulano que a acompanhava quis defendê-lo. Duas palavras foram o suficiente para o cara enfiar o rabinho entre as pernas e concordar comigo. Ganhei a confiança da garota. Naquela época ainda capengava por aí por conta do pé na bunda que havia levado de Joana. Andei numas macumbas e descobri que era filho de Ogum. Gostei da coisa e tive um *tête-à-tête* com o sobrenatural. Sem nenhuma cerimônia, o Orixá me disse que minha mulher estava por perto... ao meu lado. Bastava olhar e a reconhecer. E foi exatamente o que aconteceu com Loreta: a reconheci.

Eis a mina. Na minha alça de mira, sentada ao meu lado e completamente absorta e apaixonada por minhas declinações. Só faltava trocar os telefones nos respectivos guardanapos e combinar um encontro.

— No boteco do Rômulo, defronte ao Teatro Sérgio Cardoso.

Ela havia juntado recentemente com um panaca que não correspondia aos seus desideratos de mulher. Loreta enfrentava a crise dos 30, tinha uma boca deliciosa, queria emprenhar e o fulano fugia da raia.

Eu lhe ofereci minha virilidade e a emprenharia logo que o Rômulo trouxesse a conta.

— Traz a conta aí, Rômulo.

Sem maiores delongas. Exatamente o contrário do esquema do vacilão que morava com ela.

Mas não colou de primeira.

Ela morava com o sujeito e aquele ar adormecido devia ter um pouco dele. Não era o caso de dar uma rapidinha. No começo eu mesmo me estranhei. Jamais havia perdido a oportunidade de dar uma rapidinha. Entendi que não era esse o caso, e ela também. Prosseguimos (muito bom, aliás, quando a mulher não joga de inocente... ou de vítima). A inteligência de Loreta fazia companhia ao seu bom caráter. Um belo quarteto. Além da boca que valia por uma vagina, tinha mais um par de coxas delicioso, peitinhos rosados e bicudos... e, se não bastasse, Loreta ainda gostava dos filmes do Antonioni. O defeito é que veio de Jundiaí — ela mesmo admitia.

Uma noite bebericávamos na Avenida Paulista. Ela abriu aqueles olhões amendoados e, cheia de segundas intenções, me pediu: "Compra um maço de cigarros?"

O tesão com que aquela boca sugou o cigarro merecia um livro à parte. Sempre que me falta inspiração, lembro da Loreta fumando aquele cigarro. Já perdi a conta das punhetas que bati por causa dessa cena. Foi a primeira vez que nos beijamos.

Se não me engano, ela era alérgica a camisinhas e teve um caso com Julia, uma garota que sabia manipular a si mesma e tinha lindos pezinhos... Eu diria que, da mesma forma que Julia tratava dos pés, também manipulava suas caças. Tinha o domínio absoluto de todos os instrumentos da sedução. Tanto domínio que era especialista em cair fora. Diferentemente da Loreta, que não sabia seduzir a si mesma, e por isso mesmo seduzia. O fator bom caráter de que falei há pouco. Mas onde eu estava?

Nos e-mails da Loreta...

Em seguida, numa parte do corpo que só encontrei nela: axilas geométricas. Nunca havia notado isso. Fazia um conjunto perfeito com o colo (uma coisa se ligava à outra sem a interferência necessária do tronco, o pescoço longo incluído) e essa assimetria, digamos, modiglianesca, terminava nos peitinhos pequenos, empinados. Jundiaí era um detalhe quase inexpressivo.

Sei lá, às vezes acho que vacilei com Loreta. Perdi o tempo certo. Era começo de ano e nos encontramos por acaso na cidade vazia.

Na frente do cinema da Augusta. Naquele noite, eu embarcaria para umas férias de dois meses em Florianópolis. A coincidência é que passava o filme *Antes do pôr-do-sol* (segunda parte). E, como não podia deixar de ser, nos convidamos para a última sessão antes do embarque. O mesmo tema da primeira parte do filme.

Vou tentar resumir o enredo. Dez anos depois de uma noite de amor fortuita (e perfeita), escritor e personagem encontram-se no lançamento do livro que conta a história vivida pelo casal.

O lançamento é na Shakespeare and Company. Caminham por Paris e a vida dos dois — é o velho clichê — os leva a caminhos outros até o derradeiro encontro. Que devia ter acontecido dez anos antes. Nem é preciso dizer que o dia seguinte matou o casal depois da noite perfeita... Eles têm a oportunidade de corrigir dez anos em uma tarde. Para isso o rapaz tem que escolher entre a garota ou o próximo vôo. Claro, ele escolhe a garota.

Eu fiz o contrário com a Loreta. Justamente depois daquele filme.

E fui um cavalo, diga-se de passagem. Depois de jogá-la no chão da minha quitinete, e deixá-la literalmente de quatro, olhei para o relógio e vi que ia perder o ônibus se não saísse naquele instante em direção à rodoviária.

O pior: depois de negar fogo, a fiz carregar minha pesada bagagem desde a Praça Roosevelt até o Terminal Rodoviário do Tietê. Se eu fosse Loreta, nunca mais olharia na minha cara. A diferença é que Loreta não sou eu. Ela me acompanhou aqueles dois meses pela internet e escreveu e-mails elegantes, modiglianescos. Até o dia que o panaca que morava com ela resolveu engravidá-la. Parece que Loreta não conseguiu ter o filho...

A primeira mulher de verdade que conheci. Te amo, viu, Loreta?

* * *

Foi de madrugada — quando os hóspedes do flat e toda João Pessoa dormiam. Por uns minutos tive que soltar a negrinha no corredor. Eu sabia que as câmeras internas registrariam os movimentos dela. Mas não teve jeito. Uma semana trancado naquele apartamento com a negrinha me deixou exasperado. As lembranças e o lugar-comum me sufocavam. Ela, além do enfado espiritual, também dava sinais de esgotamento físico. Os tornozelinhos de Vanusa incharam por conta da pressão das correntes. No corredor ela rastejou feito uma iguana. Achei interessante e até fiquei de pau duro.

Ela olhava para mim e tapava os ouvidos. Fiz o que pude (aliás, o de sempre): dei comida, banho, a lambi, limpei a merda do cuzinho dela com a língua... e aproveitei o ensejo para inaugurar o torniquete.

Com isso ela aprendeu a engolir o choro e eu descobri uma forma de espremer minha glande como se fosse um tubo de pasta de dente. Arranquei até as últimas gotas de esperma e bati tudo no liquidificador com Nescau: não podia descuidar da alimentação de Vanusa.

* * *

Mas agora vou deixar a negrinha descansar um pouco e voltar àquela mesa de bar, por minha conta e risco. O jeito é usar o gravador, e logo quando Vanusa despertar do corretivo que lhe dei, faço ela ouvir tudo de novo, e se for o caso acrescento um ou outro detalhe que evidentemente escapará do que vou lembrar agora. Pois bem: acabei de me lembrar de outro cara que enchia a cara conosco, e que dormiu na quitinete na mesma ocasião de Noemi e o fantasma do Leminski. O nome dele é Ceccato, ou Palhaço Cachacinha.

Conheci-o no Rancho Nordestino, um boteco lá do Bixiga. Foi na mesma noite que um Japa meio viado/meio dramaturgo não largava do meu pé. Enchia meu saco falando do teatro de Brecht, de teorias pavlovianas e condicionamentos e uma caralhada de coisas que eu fazia questão de afastar do meu dia-a-dia, e que (quase sempre...) não tinha como evitar.

Sou — ou fui... àquela época — um cara pacífico. Acordava todo dia às 7h da manhã, e ia à padaria. Tinha que sair, dar umas bandas. Encontrava o Mário e o Wiltão na saída do Gruta. Apesar do turno diferente, tomávamos café no Marajá.

Mas não tinha jeito. Sempre um mala metido a sabichão grudava no meu pé. Invariavelmente queria provar sua sapiência, e de tabela demonstrar que um cara truculento como eu jamais poderia escrever os livros geniais que escrevi. Na grande maioria das vezes intitulavam-se poetas. Consideravam-me uma aberração. Teve um metido a surrealista que chegou ao ponto de me proibir de escrever. Ui, ui.

O fato é que eu estava pouco me cagando para eles (sobretudo para os surrealistas), e que o Japa supracitado, meio viado (devia ser poeta também...) meio dramaturgo, estava me alugando exatamente com esse nhenhenhém de merda.

O meu azar é que ele havia me dado uma carona. A minha sorte duplicada é que o pentelho não conhecia o Rancho Nordestino. Duas vezes sortudo porque lá estavam Mário, Bactéria, Ceccato, Wiltão, Loro e mais outros caras de "aparência truculenta" — imagino que sim — aos olhos do Japa que na ocasião usava um cachecol tricotado pela própria mãe.

Aí o Japa grudou com aquele papinho pra cima do Mário. Levou uma patada atrás da outra. A diferença é que o Mário sabe colocar as patadas. É um boxer nato. Além disso, soube dirigir muito bem Ceccato — que a pedidos sentou no colo do Japa e o intimou a discutir o distanciamento brechtiano ali mesmo, fez biquinho:

— Me beija, Japinha.

Ceccato é um cara feio. Creio que não vai ser preciso descrevê-lo. Acreditem em mim. Ou pelo menos acreditem que ele não era exatamente o homem dos sonhos do Japa... que estava, digamos, visivelmente apavorado.

Os caras da mesa começaram a zoar.

— Mário, — eu disse, só pra pôr mais lenha na fogueira — sabia que foi a mãe dele que tricotou o cachecol?

Wiltão puxava o cachecol de um lado da mesa, do outro lado, Bactéria. O Japa estrangulado. Ceccato enfiou a língua na orelha dele. Nesse momento, Mário retoma a discussão anterior. Num tom de voz baixo e monástico, indaga ao Japa:

— Falávamos de Brecht?

— Me larguem!

— Vai beijar o Ceccato! — gritou o Loro, atrás do balcão.

— Beija! — disse Bactéria.

— Beija! — disse Wiltão.

— Beija! — eu fiz o coro, e Mário completou:

— Se não beijar, vai ter que resolver a demanda no banheiro.

A coisa estava complicada pro japinha. Ceccato puxou um catarrão hediondo lá de dentro do seu plexo e deu uma cusparada na palma da própria mão... E selou a sorte do Japa:

— Só eu e você, lindo. Lá no banheiro.

Não sei como o japinha saiu de dentro do próprio cachecol e pulou fora. Aos gritos, lançou-me pragas e as estendeu aos senhores que me acompanhavam.

A bem dizer, foi um grosso.
Não satisfeito, ainda me ameaçou:
— Isso não vai ficar assim. Vou contar pro Samuca!
Se não me engano, foi a noite da estréia da adaptação do meu *herói devolvido* para o teatro. Eu estava feliz.

19

A vez do Samuca

Devia falar mais do Ceccato. Ou do Palhaço Cachacinha. Um dos caras mais doces e ternos que conheci nas últimas décadas. Depois retomo, e prometo dar mais detalhes daquela noite em que ele, o fantasma do Leminski, Noemi e eu dormimos juntos na quitinete de marfim. Creio que por enquanto valeu a *première* com o Japinha. Agora chegou a vez do Samuca. A negrinha acordou.

— Está com fome, Vanusa?

Ouve isso:

— Samuca tem um vasto currículo em prol das boas causas. Antes de qualquer coisa, foi amigo do Leminski. Não importa a situação ou o confronto, nem a época nem a circunstância: seus maiores tesouros são as boas amizades, e sua maior convicção (porque o credo é ponto inegociável... e minha maldade tem que encontrar uma correspondência) ou o maior trunfo de todos, foi ter sido amigo do Leminski.

Isso é mais do que um currículo, é um ato de fé para o consumo alheio. Uma prova do que não foi. Quase uma parceria. Sei lá se consciente ou inconscientemente, mas a impressão que tenho é que ter sido "amigo dos caras" e ter comido as garotas certas (ele é quem diz...) o faz melhor, mais puro e habilitado para defender as causas perdidas e avançar contra os moinhos que julga necessários.

De peito estufado, ostenta a autoridade das intimidades desfrutadas. Mas estranhamente não é arrogante. Se não fosse um chauvinista declarado, passaria despercebido por um monge bonachão. Um sujeito assim, só poderia ser um boa-praça, "ético" (até para mandar calar a boca), bom de papo, brasileirão e o melhor conselheiro. O cara que desfrutou das intimidades do Leminski esteve, está e estará sempre do lado certo. A ele tudo é permitido porque é eleito e ungido pelo bem. Arrumar encrenca com o Samuca é ser o canalha de antemão. É cometer a besteira de estar do outro lado, claro, do lado errado.

Arrumar encrenca com o Samuca é nunca mais ter liberdade de ir a um boteco e pedir um torresminho... é sentir-se culpado pela simpática existência do torresminho, por não ter sido amigo do Leminski, por não conhecer os caras legais, por não comer direito sua mulher (porque ele sabe comer a mulher dele). E, mesmo que você esteja coberto de razão, mesmo que ele mande você calar a boca porque ele sabe o que está falando, e sabe o que é melhor para você (e ainda poderá salvar sua vida...). Você sempre estará errado.

Ele é o heróico filho de lavadeira (mais um), e você está do lado errado porque sua mãe era patroa da mãe dele. Samuca manda calar a boca e você deve obedecê-lo, o cara foi amigo do Leminski, amigo e parceiro de Itamar Assumpção, chapa do Arrigo Barnabé... e você? O que você é, mano?

Um playboy de merda que nunca pisou no Jardim Ângela, nunca sentou num boteco para trocar idéias com um mano. Um inocente útil a serviço do capitalismo que não sabe o que é se misturar. Um trouxa que não sabe a diferença entre MV Bill e Mano Brown, não faz idéia do que seja o PCC.

Samuca sabe o que diz. Conhece as bocadas, e tá ligado no hip-hop. Antenado com os movimentos sociais, é assessor de um deputado petista (outro...) suspeito de alguma roubalheira, ele mesmo escritor, poeta, letrista, editor, jornalista que conhece a verdadeira verdade e a sordidez das antecâmaras das redações, músico independente, que come bem a mulher dele, tem uma vasta e reconhecida carreira de militante pró-sem-terra, pró-Palestina, anti-Davos, viva Chaves!, viva Fidel!, vivam os cocaleiros!... e, pensando bem, eu não devia calar a boca de jeito nenhum, nem fodendo.

E foi o que fiz, apesar das ameaças de morte e do terrorismo patrocinado pelos amigos do Samuca. Só gente fina.

Tudo começou com uma crônica que escrevi sobre um churrasco na casa do Bactéria.

Fiz uma piada boba. Algo que era para passar despercebido, e me dei mal. Muito mal.

Os amigos do Samuca não têm paciência com humor de playboy. São grandes escritores que salvam a vida dos moleques da periferia com "literatura". Para eles a realidade é o que importa e ninguém pode fazer piada sobre "o movimento". Os manos estão acima de qualquer suspeita. Manja invadir boca de fumo? Então, foi o que fiz.

Daí que o Samuca (que é um cara legal...) pôs a própria cabeça a prêmio, e depois de conversar comigo três horas (e de ter me apavorado com as notícias que trazia da periferia...), achou que estava tudo resolvido, que eu ia acatar sua sugestão de "deixar pra lá" porque ele era meu amigo e se preocupava com minha "segurança".

A palavra segurança deflagrou ao mesmo tempo medo e revolta em mim. A cabeça do Samuca não valia o preço que cobrara, foi a avaliação que fiz.

Claro que escrevi uma crônica dizendo que não ia calar a boca. Aí eu é que fui o "traíra". Não entendo. Em momento algum disse que ia me calar, apenas tive medo. E pensei muito nos termos em que Samuca tratava da "minha segurança". Tinha que me defender.

Daí o Samuca, que é um cara muito bacana, e que tem uma pá de amigos legais, resolveu dar meu telefone! prum retardado metido a escritor. O analfabeto ligou para minha casa e me falou um monte de merda... disse que eu era igual ao Datena e que aquelas "nóias de Mandiopã" (referindo-se à leitura equivocada que fez do meu *Azul do filho morto*) não tinham nada a ver: "Tá ligado, mano?"

A partir daí o caldo entornou de vez. Piorou quando eu disse que o que ele, o retardado metido a escritor, fazia era assistência social. Que aquilo não tinha nada a ver com literatura. Virou um inferno quando eu disse que Dostoiévski não ia salvar a vida de ninguém na periferia. Um verdadeiro caos quando resolvi elogiá-los, e nem eles nem o Samuca entenderam porra nenhuma. Claro que não.

O elogio remetia a esgoto e falsificação, se não me falha a memória.

Mas a coisa ficou feia mesmo quando resolvi explicar o elogio e nem eles nem o Samuca — outra vez — não entenderam porra nenhuma do que eu disse.

— Igual a você, sua negrinha burra!

Eu dizia que a impressão que tinha quando ouvia aquela merda de hip-hop era a seguinte: "Vai passando tudo, não reage, isso é um... hip-hop!" Ou seja, algo impositivo. Um lugar em que não cabe qualquer tipo de reação. Feito um "assalto à mão armada". Ao invés de tomarem como elogio, se ofenderam.

Aí tive que sair fora da cidade. Mas não deixei de escrever o que tinha de ser escrito. Insistia na explicação. Um pouco para azucrinar os caras, confesso. Outro tanto porque não admitia neguinho mandar eu calar minha boca. Eu dizia que, embora não gostasse nada das rimas que eles faziam (odeio rimas de modo geral) e desconsiderasse o barulho e a monocórdia... e também não estivesse nem aí para a realidade da Vila Brasilândia, não havia como negar que o "discurso" originado de toda essa miséria surtia um efeito devastador, incomodava, apavorava feito um "assalto à mão armada".

Se eu quisesse ser mais simples, coisa que não desejava porque não ia afagar a cabeça daquelas bestas, eu poderia ter dito que arte nada mais é do que algo que se presta a deslocar as coisas, "tomar de assalto", causar movimento e atrito. Algo que escapa à inércia: nesse sentido mesmo a contragosto não dava para excluir o hip-hop, e também não dava para deixar de registrar um boletim de ocorrência. Coisa que eu deveria ter feito, e não fiz.

O problema do Samuca, dos manos e do hip-hop é que eles não entendem elogios inteligentes, misturam atrito e deslocamento com auto-indulgência. E querem ser indiscriminadamente paparicados. Isso eu não ia fazer de jeito nenhum. Não sou e nem nunca fui um playboyzinho. O presidente jamais me convidaria para um bate-papo no Palácio do Planalto. Também não fui convidado para a Flip, e nunca me deram nenhum prêmio, nem uma medalha sequer. O Faustão não sabe da minha existência e, graças a Deus, nunca fui citado pelo Caetano Veloso. Só isso já me faz muito melhor que o Samuca e os amigos dele.

— A prova irrefutável de que eu "fiz o que devia ser feito" é que os manos do hip-hop não me "definiram". Estou aqui lépido, e fagueiro, não estou?

— Sim, Painho.

— Você me ama, Vanusa?

A negrinha grunhiu. E na hora em que eu ia começar a preparar o nescauzinho de Vanusa, o interfone do apartamento começou a tocar. Em poucos minutos — como não atendi ao interfone — o gerente do flat batia à minha porta. O FDP do gerente sugeriu meia dúzia de Dramins e mais um Lexotan "para segurança". Achei uma boa idéia. Misturei os comprimidos com Nescau e esperma e fiz a negrinha engolir tudo. Em menos de meia hora, Vanusa apagou.

Interessante como a sugestão do gerente "Para segurança" dispensava o possessivo e o condicional. Fiquei com aquilo na cabeça: "para segurança" de quem?

*　*　*

Marião Bortolotto era — e acredito que continua sendo — um cavalheiro que arrebentava/arrebenta a cara dos incautos porque, além de incautos, deviam ser uns filhos-da-puta. Simples de entender. Quem viu as peças dele, e lê os textos dele, sabe que ele é um cara direto e honesto. Íntegro.

Vejam só. Jamais pensei que usaria essa palavra, "íntegro", com tamanha propriedade. O "Cemitério do Mário" é a extensão dele. É... (ou era) assim.

Até que um coreano tatuado, interesseiro — de "humor inteligente"... — e metido a sabichão, apareceu por lá. Quase arrumo uma encrenca com o dramaturgo por causa desse sujeito. O coreano tatuado, a meu ver, era (é e vai continuar sendo) um puxa-saco ostensivo e comprometedor.

Não consegui convencer o Mário disso, mas provei a mim mesmo que minha tese estava certa. Para mim, era o bastante. Mas o melhor desse episódio foi a resposta que Bortolotto me deu, e a conclusão que tirei do nosso estranhamento.

Veja só, minha bela adormecida Vanusa, veja só, simpático burrico que pasta mansamente na grama da praia, o que ele me disse: "Pode ser que existam puxa-sacos, mas eu não os reconheço."

Perfeito. Aqui, aproveito para fazer uma confissão e, ao mesmo tempo, ensejar um paradoxo:

1. Invejo o desapego de Mário B.

2. Mas não sei se quero chegar lá; penso, sinceramente, que não tenho grandeza para tanto. Não sou tão cristão. O lado bom é que, de um golpe, só evito a santidade e os puxa-sacos; e o lado ruim é que — seguindo essa mesma lógica — jamais vou ganhar uma partida de sinuca do Mário.

20

Um ano antes, Vila Madalena

Vou gravar tudo. Enquanto Vanusa dorme, quero lembrar da Vila Madalena. Um ano antes.

Alô, alô. Grava. Eu e meu querido amigo Caveirinha ainda não desfrutávamos da amizade que nos é tão cara hoje em dia. O melhor a dizer é que ambos desconfiávamos um do outro. Mantínhamos uma distância cínica e prudente. Eu achava que não ia ter saco de administrar a inveja dele. Ele me paparicava e evidentemente também me cobrava tacitamente a contrapartida.

Em vão. Jamais iria elogiar os entulhos que ele despejava no papel — nem por deferência e amizade. Chamar de livros, nem fodendo. Caveirinha, mesmo depois da nossa briga, quase admitiu que seus livros eram e foram e sempre serão uma fraude. Outro dia, falando de uma coisa para falar de outra, deixou escapar algo assim: "A gente engana esses panacas da academia que nunca jogaram uma sinuca. Esses CDFs não sabem o que é comer o cu de uma crioula. Tudo viado, corno."

Por isso gosto do Caveirinha: é racista, sexista, falso, falastrão, amoroso, mal-humorado quando lhe convém, e engraçado, muito engraçado. Uma vez fomos para o Rio juntos. O pretexto era a Primavera dos Livros, que é uma feira de pequenas editoras metidas a besta. Jockey Club. Baixo Gávea.

A idéia daquela gente ilustrada era vender simpatia. Catequizar os chucros de poder aquisitivo compatível com seus catálogos de alta qualidade.

Os próprios editores armavam os estandes, vendiam os livros, comiam sanduíches de queijo-prato, corriam pra lá e pra cá. Era bom de ver aquela cambada de arrogantes atendendo feito camelôs... vendendo Dostoiévski como se fosse agrião.

Aqueles putos que por anos e anos recusaram os meus livros, agora estavam lá fazendo a xepa, correndo atrás de troco. Achavam-se descolados, a enriquecer seus currículos exemplares. Mestrado na Unicamp, doutorado na USP e camelagem no Jockey. Gente de pedigree, impecáveis... editores independentes. Só livro de qualidade. Público idem.

A feirinha era tão nojenta que tinha até uma "atmosfera". Digamos que a qualquer instante Walter Salles o mauricinho lírico, poderia dar o ar de sua graça desinteressada. Como se ele não fosse dono do Unibanco. Como se aquela feirinha estivesse acontecendo num vilarejo medieval da Baviera. Tudo muito simpático. Terceira ou quarta edição da primavera dos "pequenos".

— Esses garotos vão para a décima edição e continuarão pequenos. Parece que têm orgulho da baixa estatura — dizia o Caveirinha.

— Isso é tipo, Caveirinha. Passatempo dos meninos ilustrados.

— Não é não, é burrice mesmo.

Tudo menos burrice. Eu tentava — em vão — explicar ao Caveirinha que o aparente desinteresse (e a "burrice" dos meninos...) é que havia criado, entre outras aberrações, o Capão Redondo literário e a Cidade de Deus cinematográfica, e isso dava grana, muita grana.

Mas o Caveirinha não queria me ouvir. A compreensão dele era outra. Só não digo que me ignorava completamente porque, embora desconsiderasse minha tese, admirava meu veneno. Tínhamos, afinal, algo em comum.

Assim caminhávamos alegremente pelo Jockey Club, eu & Caveirinha. Ele havia quebrado o pau com um editorzinho desses aí. Eu também já andava com a pulga atrás da orelha porque o editor em questão também publicava meus livros e definitivamente não ia com a minha cara. Além de ganhar meus prêmios, o tal do Betinho, que também era poeta, implicava com as coisas que eu escrevia; não bastasse era metido nas artes plásticas.

"Coisa de débil mental", garantia o Caveirinha.

Claro que sim. Se o Caveirinha garantia que sim, bem, quem sou (ou era...) eu para não concordar com ele, e não me borrar de tanto de rir?

Ah, Caveirinha... tenho muitas saudades de você, e um sentimento miserável de traição e humanidade, mestre.

21

Leitinho para Vanusa

Logo ao acordar, Vanusa me pediu leitinho. Uma criança, era o que ela era. Soquei uma bronha na cara da vagabunda-mirim e fiquei sem líquido para misturar ao Nescau. E numas de fazer às pazes prometi que ia levá-la ao Shopping Cabo Verde. Ela ficou feliz da vida. Então liguei o gravador e Vanusa, resignada e ensopada de porra, ouviu a história da Primavera dos Livros e do confronto entre Caveirinha e Betinho. Fez um comentário nada singelo: "Se o Painho fosse igual a eles, não ia lembrar de nada."

Tratava-se de um elogio? Acho que sim, e mesmo que não fosse, adorei ser chamado pela quarta (ou quinta vez?) de "Painho". De modo que tomei as palavras de Vanusa como uma trégua ou algo que, nas entrelinhas, queria dizer o seguinte: "Prometo ficar boazinha e prometo ser o seu penico auditivo até onde eu agüentar." Minha Sherazade às avessas.

Pus a garota no meu colo, acariciei seu cabelo pixaim, e tive uma convicção: viver em sociedade é algo mais fácil e conveniente do que rezar o Pai-Nosso toda santa manhã antes do holocausto de cada dia. Ninguém, enfim, é obrigado a perdoar ninguém sob o risco de não obter o perdão para si mesmo. Aceita-se e ponto final. Aceita-se, entre outras brutalidades, a esfiha de frango e o fato de que a vida não tem o alto valor que lhe atribuímos.

Não vale nada, aliás. Em sendo assim, diante dos paradoxos e da hipocrisia social, temos, a meu ver, três opções, quais sejam, a piada, o terrorismo e a pedofilia.

Bom dizer que as alternativas não se excluem, ao contrário.

22

Um dia conheci uma garota chamada Lisa

Um cu delicioso. O esquisito é que ela queria me enrabar. Morria de vontade de ter um pinto; trabalhava de doméstica, tinha dois filhos e ia fazer vestibular para o curso de História.

Aquele papo de "deve ser bom ter um pinto para enfiar num buraco quentinho e úmido", em princípio (até ela cismar que meu cu era uma buceta) me distraía, e eu gostava da Lisa. Ela possuía aquilo que os ingleses chamam de "sense of humour", e raspava o púbis.

Foi a primeira mulher máquina-zero que comi na vida. Também nunca havia saído com uma doméstica ilustrada, orgulhosa da profissão. Conheci-a numa festa na laje do Wiltão, o ator-fetiche do Cemitério de Automóveis. Uma espécie de Marcello Mastroianni do Bortolotto. A diferença é que o Wiltão não falava italiano e era feio como o capeta.

Era aniversário do Marquinhos. Wiltão mora no Mandaqui, Zona Norte de São Paulo. Quando não está atuando nas peças do Mário, faz pesquisas na rua para ganhar a vida. Nem imagino que tipo de "pesquisas" são essas, mas deixa pra lá. Em resumo, Lisa só podia ser amiga do Wiltão.

Parece que tiveram um flerte, e ambos freqüentavam uma casa de swing na companhia do Marquinhos, que, aliás — quase me esqueço de falar —, foi um dos melhores intérpretes de Pepe, o mongolóide do meu *Herói devolvido* adaptado para o teatro.

Feitas as devidas apresentações, posso dizer que a festa estava animada. Depois de o Negão e o Regis tentarem xavecar Lisa sem sucesso, consegui eu. Atrás de uma caixa-d'água, debaixo de um puxadinho.

Sei que isso é um lugar-comum quase hediondo, mas vou repeti-lo: "São Paulo não cansava de me surpreender."

Pois bem. Hoje estou aqui, em João Pessoa, e você é minha mulher, Vanusa.

— Tá vendo o burrico que pasta mansamente na grama da praia? Antes de você chegar éramos só ele e eu. Agora tenho você, tenho o sol, a imagem de São Jorge na mesinha-de-cabeceira, e mais duas alternativas à minha disposição: a piada e o terrorismo. Sou um cara de sorte na vida, não posso me queixar — apesar das chantagens do gerente dessa porra de flat.

— Você é minha, não é?

— Sua, Painho.

Onde eu estava mesmo? Ah, lembrei.

Festa na laje do Wiltão.

Eu e Lisa nos atracamos pra valer. Era a primeira mulher de verdade depois de Joana. Não contabilizo Lolô porque não houve putaria e descontração ao mesmo tempo. Não se trata apenas de sexo. Trato da liberdade de ter a cabeça vazia, sem a paranóia da paixão.

Aqui, falo do tesão pelo tesão... embaixo de um puxadinho, atrás de uma caixa-d'água, resultado da disputa entre macho e fêmea. Nunca podia imaginar que Lisa ia querer comer meu rabo. Não combinava com ela.

— Chupa meu cu, Vanusa?

Marquinhos é que deve ter bagunçado as idéias de Lisa, acho que sim. Um dia me convidaram para o swing.

Não fui, é claro. Ir no swing com Lisa, Wiltão e Marquinhos era demais até mesmo para um mentiroso como eu. Nesses casos, a ficção deve manter uma relação de cortesia com a realidade — acho que sim.

Lisa não queria apenas meu cu. Ela havia se apaixonado. Quer dizer: não dava mais para manter aquela atmosfera de putaria sem compromisso. Digo, da iminência de um swing impossível. De diversão, laje, caixa-d'água e Zona Norte, churrasco e cerveja.

Infelizmente tudo acabara numa coincidência que, só agora, longe dos fatos, tenho elementos para apontar.

23

Contabilidade II

Aqui, paro para fazer outra contabilidade. Assim como não posso esquecer dos meus amores, não posso esquecer dos meus inimigos.

Ronaldo Belzebu, o grande filho-da-puta. O coreano tatuado. Tem o fantasminha (que é meu saco de pancadas preferido) e Betinho. Mais um tal de Damázio, macumbeiro de quinta categoria que decretou que o *Azul do filho morto* era "o prenúncio do meu malogro" (e aí, otário?), uns caipiras de Curitiba, meia dúzia de blogueiros debilóides, uma bichinha que se dependura em ganchos, um plagiário que já foi devidamente defenestrado e... quem quiser fazer parte desse grupo, basta pegar a senha e entrar na fila.

Tem lugar para uma legião de filhos-da-puta. Como escrevi numa crônica certa vez, "ódio nunca é demais". Não sei se incluo o Samuca — ele quer meu bem, acho que é melhor deixá-lo de fora.

Mas tem um sujeito (que não é "meu desafeto") a quem — sei lá por quê — resolvi dar mais uma chance. Cismei com essa singela alma.

Eu me divirto em saber que ele só existe como "autor" porque tem uma dívida comigo. É a minha lembrança que o faz viver. Para o bem ou para o mal.

Até agora se fodeu porque quis. Já dei uma chance, e nada. Resolvi elegê-lo como símbolo de todos aqueles que estão faturando prêmios (grana, muita grana) à minha custa. Querem ver como estou certo?

Quem é que lembra de um livro chamado *Bichos que existem e bichos que não existem*? Esse livro só existe agora. Porque Arthurzinho, o autor, ainda não se manifestou. Cadê minha grana, malandro?

Foi essa porcaria que ganhou o Jabuti de livro do ano no lugar do meu *O azul do filho morto*. Como é que fica?

Enquanto o Arthurzinho não fizer o depósito na minha conta-corrente... Bem, não vai sair da minha lista negra, e eterna. Viu, Arthurzinho? Não esqueci de você. Se liga!

Onde eu estava, Lisa? Vanusa?

— Chupa mais, Vanusa, lambe, lambe o rabo do Painho.

Ai, que gostoso.

Eu falava de uma coincidência fatal, claro que sim.

24

O cheiro de merda

Pode ser besteira da minha parte. Mas eu sei — tenho certeza absoluta — que a mina vai se apaixonar por mim quando um cheiro de merda inaudito sobe na hora do sexo. Sempre foi assim. Com Maria Eduarda, que foi educada em colégio de freiras e tomava banho de perfume francês, foi assim.

A mesma coisa aconteceu com Mariângela e Luísa. Vejam só. Nem Luísa, que era a criatura mais frágil e delicada desse mundo, uma garota que tocava flauta doce, e que tinha esse nome em homenagem à canção de Tom Jobim, nem ela escapou da maldição do futum de merda que subia na hora da trepada. Não tem falha. Quando sobe a catinga elas se apaixonam.

E eu desencano. Não sei se elas peidam, ou se é um odor intrínseco. Sei lá. A verdade é que não consigo manter a concentração. E sexo é isso: cérebro, pulmão e boa vontade.

    Engraçado. Somente aqui, longe de tudo e de todos é que tive essa percepção. Talvez o filho-da-puta do burrico — agora acompanhado de Vanusa — esteja me dando uma dicas. Pode ser a luz de João Pessoa. O sol nasce mais cedo e às 17h30 já é noite por aqui. Talvez seja a pressão do gerente do flat... Vai saber?

    Se eu tivesse tido esse "insight" fedorento antes teria evitado muitos dissabores. Teria sido muito mais fácil. Evitaria muita dor e sofrimento. Ia ser algo assim.

    — O seguinte, Luísa: Você é a criatura mais doce que conheci em toda a minha vida. Mas não dá para encarar o cheirão de merda que exala da sua bunda na hora da trepada. Vê se me esquece, vai tomar um banho. Procura um pai-de-santo.

    Estava tudo errado. Antes de Vanusa, eu estava certo que era o homem do desencontro. O melhor que tinha a fazer era sair por aí para desencontrar. Depois da decepção que tive com Joana, nunca mais havia me olhado no espelho, me recusava a sonhar com a mulher da minha vida. Que bem podia ser a caixa do supermercado, a executiva da Berrini, a atrizinha fracassada...

    Mas eu não queria saber de encontrar nenhuma delas. Se fosse para encontrar seria por acidente. Uma situação excepcional. Uma aberração.

Foi assim que encontrei Vanusa, minha aberração. E já que foi assim, assim será. Agora vou celebrar com Nescau e esperma e, na medida do possível, vou tentar esquecer o futum de merda que fatalmente subirá na hora da trepada... Ah, meu Deus!

Apesar dos banhos, e do cuidado que tenho com a negrinha, sei que um dia o futum vai subir. Não tenho dúvida. É o cheiro do amor. Que vem da alma. É de lá que sobe esse cheiro. Só pode ser. O problema é que o filtro da alma é o cu.

25

Tranquei Vanusa no banheiro

Não queria que ela ouvisse essa parte. Adquiri (ou imaginava ter adquirido) uma certa segurança de foder meus próprios miolos sem ter a negrinha por testemunha.

Pela primeira vez — depois de ter comprado a alma (ouvido e genitália) da negrinha — não tive receio de lembrar para consumo próprio.

Talvez Vanusa tivesse me curado do medo de ser triturado pelas lembranças, não sei. De qualquer forma era bom ter a negrinha por perto. Desta vez trancada no banheiro (e novamente dopada para minha segurança). Mesmo porque eu não havia — ainda — enlouquecido completamente.

Então acendi um cigarro (eu não fumo) e chamei para dentro de mim uma certa nostalgia, como se tragasse algo podre que mesmo sendo podre me acalmava e fazia bem.

Aos poucos a perspectiva de ficar em paz comigo mesmo era mais do que uma "perspectiva". Não há como negar: aquilo me preocupava, como se eu fosse um viciado que sentia saudades do vício antes mesmo de ser curado.

Tal perspectiva purificadora (vamos chamar assim) só podia ser sintoma do meu desvario. Eu estava ficando louco, e não me sentia nada à vontade nessa condição. Como dizia Chesterton, o louco é aquele que pode perder tudo, menos a razão. No alvo, era assim que eu me sentia.

A bem dizer, eu já não sabia como lidar com a realidade esgarçada e condenada de antemão (leia-se: Vanusa dopada e trancada no banheiro). Havia um paradoxo. E um lugar-comum a me atazanar. E a mistura desses dois elementos era o combustível ou o subsídio que eu tinha para seguir em frente e continuar a lembrar, lembrar.

Pensei:

O exagero, as lembranças, o flerte com os abisminhos triviais... a procura do amor, ou os trinta anos do meu *Azul do filho morto*, de certo modo foram mais fáceis de descrever (e lembrar) do que os cinco anos passados em São Paulo, na Roosevelt.

A matéria de trabalho era muito simples: memória e cronologia. Apesar dos fiascos, eu sabia que "a inhaca" ia dar em algum lugar. Bastava levar as porradas de praxe. Um dia aquela espera me serviria para alguma coisa. Eu não sabia exatamente quem eu era, mas sabia que tinha um encontro marcado. Isso era o suficiente, e era grande.

Hoje, memória e cronologia são meros acessórios. Eu sou um mero acessório desse encontro. Cheguei onde devia chegar. Se não é motivo para regozijo (não sinto assim...) tampouco é uma infelicidade completa. Eis o ponto de chegada. O lugar exato onde o garoto apaixonado finalmente encontra-se comigo, eu mesmo: *O herói devolvido*.

Uma vez cogitei que essa era a hora da minha morte. A lógica dizia que sim. Mas eu estava errado — por mais incrível que possa parecer, estava errado.

Quem me fez cônscio — o que não quer dizer crédulo — desse encontro... ou melhor, dessa bifurcação, foi o Wilton Andrade, o Wiltão — o ator-fetiche do Cemitério de Automóveis.

Isso foi em 2003, dois anos depois de eu ter chegado a São Paulo. A coincidência foi tão grande, o encontro tão iminente e explícito, que eu poderia até dar o endereço: Rua Conselheiro Ramalho, 173, antigo Teatro Zero Hora. Transformado em sede do Cemitério de Automóveis.

Bem, agora cabe lembrar um pouco da minha rotina à época. Em seguida falo do Wiltão.

Às 7h da manhã já estava na padaria para tomar meu café, e comer meu pão na chapa malpassado. Às vezes encontrava o Mário vindo direto da madrugada e acompanhado de alguns bebuns. Provavelmente cuspidos do Gruta, o salão de sinuca que fica no outro quarteirão, na Major Quedinho.

Mário tem uma tese curiosa para separar os cachaceiros rematados dos profissionais do trago.

Nessa hora, ele é meu companheiro de café e pão com manteiga. Simplesmente pára de beber enquanto os cachaceiros pedem a saideira. Uma dose a mais (depois de uma noite inteira esvaziando garrafas de conhaque) é — segundo o Mário — o suficiente para estabelecer essa divisão crucial:

— Tá vendo MM, esses caras são uns amadores.

Acompanhei isso de perto, e sou testemunha do profissionalismo dele.

Depois de desejar bom-dia ao Mário e boa-noite aos bebuns, ia para minha quitinete de marfim e dava umas batucadas na Olivetti. Até às 10h, 10h30. Aí lia meu jornal, desejava o sumiço do Ed. Motta da face da terra... e recebia os telefonemas do dia: papai, mamãe e Ricardinho. Exatamente nessa seqüência. Às vezes Caveirinha ligava para desfiar alguma maldade e compartilhar da desgraça da vítima de ocasião. Adoro o Caveirinha.

Em 2003 eu não suspirava por Joana. Ainda era gordinho e estava descobrindo que podia ser feliz se toda segunda-feira comesse tutu de feijão no Marajá. Naquele meio-dia em ponto, entre uma garfada na bisteca e uma sorvida no chope gelado, imaginava o quindim da sobremesa e, sobretudo, os poucos minutos que me separavam da minha sesta na quitinete. Bastava tirar o telefone do gancho e completar a felicidade na soneca de toda tarde.

Depois do sono sagrado, dava uma cagada e abria a obra completa de Borges em qualquer página. Seguia na companhia do argentino até às 17h. Aí descia, cumprimentava seu Gaudêncio, o porteiro, e matava o tempo no La Barca. Boa tarde, boas bundas, um café e uns chamegos no meu filho Panda... e logo em seguida já estava na hora de ir para a Conselheiro Ramalho a fim de burilar minha alma na companhia de Wiltão Andrade.

Nesses lusco-fuscos de 2003, ali no teatro da Conselheiro Ramalho... bem, posso dizer que fui feliz.

Tinha a companhia do Wiltão, um monte de merda para falar, o vinho e o pão de torresmo que trazia da Rua Santo Antônio, às vezes um pedaço de queijo provolone. Não vou dizer que foi a primeira vez na vida que tive um lugar de honra, uma poltrona especial e a felicidade de uma amizade desfrutada, mas era a primeira vez que me sentia à vontade. Eu estava em casa.

E esse "sentir-se à vontade" é que me faz pensar em algumas coisas. Sobretudo no Marião. Ele, afinal de contas, é que engendrava ou, melhor, arregimentava aquilo tudo.

Não estou dizendo que Mário inventou o Wiltão. Se eu fizesse uma afirmação dessas, estaria desmerecendo Wiltão e o próprio Mário. Quero dizer que somente o Bortolotto poderia ter dado uma oportunidade no teatro pro Wiltão. Por quê?

Ora, porque o Mário escreve coisas do tipo: "A festa acabou, mas a gente insiste em ficar com um whisky aguado numa mão e a lata de cerveja vazia na outra. A gente não vai embora enquanto esse DJ filho-da-puta não tocar 'Do You Wanna Dance'."

Quero dizer que ele sabe fazer a diferença entre um cachaceiro rematado e um profissional da talagada. Não só porque leu — e entendeu! — o velho Bukowski ou, sei lá, porque é compassivo e cristão por natureza.

Nada disso: diferentemente de mim, ele não se enternece com a falta de talento alheio. Ao contrário, explora as berbelas, garimpa e sabe tirar ouro de lugares insuspeitos. Faz isso às patadas, com humor e seriedade. Muita seriedade.

Felinni fazia a mesma coisa, só que em proveito próprio. Mário, não. Ele é generoso a ponto de ser reconhecido pelo ouro dos lugares insuspeitos. Daí que atraí, arregimenta. Sem querer ser piegas, eu poderia dizer — e aqui tenho certeza de que o Marião vai cair na gargalhada — que, ele, Bortolotto, é o São Francisco de Assis do Wiltão. Porque o Wiltão pode morar no Mandaqui, pode ser desengonçado, atrapalhado, esquisito e paranóico. Tudo bem, ele é isso tudo. Mas ninguém vai poder negar que ele também é um passarinho. Ele e o Cachacinha são as duas criaturas mais doces, pintassilgas e engraçadas que conheci nesses últimos anos (Caveirinha é um passarinho de outra natureza, da espécie *corrompidus*). Vejo-os piando no ombro do Mário.

— Saí pra lá, Wiltão!

— Piu, piu.

— Vai tomar no cu, Ceccato!

E os dois xaropes ali... em volta da boa e velha mesa de bar. Enchendo a cara, piando, falando merda, disputando as minas numa guerra de cegos com Régis, o grande arquimandrita. Só mesmo o Mário para transformar o Wiltão num ator genial. Só mesmo ele para me fazer acreditar nisso, e na felicidade que tive — e que nunca poderia imaginar — de desfrutar da companhia desses caras.

Aliás, Wiltão e Régis eram os responsáveis pelo dia-a-dia do teatro. Chegavam mais cedo. Os banheiros sujos sobravam pro Régis, bem como a manutenção elétrica e hidráulica do velho Zero Hora; já as contas de água, luz, telefone e serviços de banco em geral eram de responsabilidade do Wiltão. Que vivia esquecendo de alguma coisa. Os esporros ficavam por conta da Fernanda. Mário aparentemente não estava nem aí. E o Bactéria fazia a bilheteria. Eu chegava no finalzinho de tarde e trocava idéias, falava da vida alheia e dividia o pão e o vinho com quem chegasse.

* * *

Hoje é dia 20 de março de 2006, faz muito calor em João Pessoa, e eu, sinceramente, gostaria de saber o que aconteceu comigo. Por que estou aqui nesse flat, e de frente para o mar? Acompanhado de uma garota de 12 anos que — antes de apagar no banheiro — pela quinta vez consecutiva (acho que sim), havia me chamado de "Painho".

Lembro, lembro.

* * *

O teatro na Conselheiro Ramalho durou apenas um ano.

Foi no antigo Zero Hora que eu e Márcia Denser quase jogamos um editor pela janela depois de o infame ter confessado o crime de ter sido ele próprio o inventor da "literatura da periferia". Para quem não sabe, o *Capão pecado* localiza-se num sobrado no tranqüilo e aprazível bairro do Sumaré.

Bem, foi exatamente isso o que nos assegurou o redator/editor/ghost-writher ou o Mister Jack que teve (expressão dele mesmo) de agüentar durante meses "um mano semi-analfabeto e arrogante espremido num colchonete" junto aos livros do seu depósito — que ficava na cozinha anexa à área de serviço.

A editora era minúscula, e deficitária. Ele precisava ganhar um dinheiro (a velha história...), e teve que agüentar a encheção de saco e as histórias lacrimosas e sanguinárias do mano que continham — segundo ele — todos os ingredientes para enquadrar e/ou servir aos complexozinhos de uma classe média bundona e acuada dentro de sua culpa enfadonha e/ou consciência de merda. Tanto faz. De qualquer forma, essas denominações (culpa, medo, consciência) seriam sempre inócuas... o que importava — dizia o editorzinho FDP — era "vender a periferia para o centro". O canalha havia apostado em lixo reciclado. No alvo.

Sucesso incontestável na Festa de Paraty. Aquela bosta — palavras do próprio editor ou ghost-writer — vendeu como água. Ele encheu o rabo de dinheiro e encheu meu saco e o de Márcia. Infelizmente não conseguimos assassiná-lo naquela noite. Mas eu dizia que foi no teatro do Mário que fiquei paralisado diante da Luciane Adami, e que pela segunda vez perdi o amor de Claudinha. Ah, que saudades!

Nessa época ainda não havia conhecido as três mulheres que mudariam minha vida. Depois falo de duas delas, Julie e Narah. A outra não me entendeu.

Vivia feliz nas casas de massagem.

Ah, outra vez lembrei da Kayo. Aquela da clínica. Uma japonesinha muito tesuda vinda do interior do Paraná. Outro dia recebi um e-mail dela. Eu diria que foi uma mensagem esquisita e gratificante... e engraçada. Sobretudo porque ela intitulou o e-mail assim: "Sua gueixa".

Se bem me lembro, fui apenas massageado. Não tomei iniciativa alguma. Só não fui mais mulher do que ela porque paguei a conta. De resto, figurativamente, fui comido. A ponto de ela, Kayo, "a profissional", ter gozado duas vezes. Deve ter sido coincidência, sei lá.

Kayo dizia no e-mail que tinha saudades da minha delicadeza... do meu pau grosso, do meu dinheiro. O mesmo dinheiro que desesperadamente jogo fora aqui em João Pessoa. Isso é quase uma piada.

Seguinte: a negrinha Vanusa está desacordada no banheiro. Por enquanto, tenho a mim mesmo: acompanhado daquela antiga comichão de saber que em breve e inexoravelmente irei partir. O fato — outra vez, o fato — de saber que estou perdido já é o suficiente para dizer quem sou, e onde estou.

Aparentemente, acho que sim. Vazado, alheio, sozinho, culpado e feliz e triste ao mesmo tempo. Um pouco mais do que um turista. Vai lá, garoto, faz o que tem de ser feito.

Então, tá. Vejamos o que tenho para fazer.

1. Sair deste quarto.
2. Esquecer por uma ou duas horas que, além dos Dramins e Lexotans, enfiei mais cinco Gardenais goela abaixo de Vanusa, e cair no mar quente aqui da Ponta de Cabo Branco.
2. Pedir mais uma cerveja.
3. Outra porção de carne de bode e farinha.
5. Uma cachaça de rolha e a conta... em seguida ir abraçadinho com a minha "Serra Limpa" (a cachaça) para o apartamento.
4. Antes disso, jogar um xaveco pro lado da recepcionista do hotel...
7. Meio bêbado desabar na rede.

3. Ligar o ar-condicionado no máximo.
1. Dormir.
2. Lembrar, lembrar.
9. Tentar esquecer, não consigo e....
8. Prometo tocar uma punhetinha para Kayo quando Vanusa acordar, prometo... viu, Joana?
5. Por que você não entendeu nada?
7. Também não entendo. Oh Deus!... por que vim amarrar meu burrico nesse flat de frente para o mar... por quê?
2. Vê se me esquece, Kayo.
3. Um beijo; 4; 5.

26

Merda, essa negrinha não acorda

Sinceramente, não tenho paciência nem vocação para ser Gilberto Dimenstein*. Talvez por isso mesmo esteja hospedado nesse flat cinco estrelas no final do mundo, e de frente para o mar. Sem opção diferente de me distrair com a negrinha e/ou escrever outro livro genial. Mais duas ou três extorsões do gerente do flat (dependendo do jeito como vou conduzir meu próximo erro) e o meu dinheiro acaba.

Aí, além de pedófilo desastrado, e escritor genial, posso me considerar mais um desempregado nesse

---

*Gilberto Dimenstein: colunista xarope e politicamente correto da *Folha de S. Paulo*.

país de bons-moços politicamente corretos e bem-sucedidos. Foda-se.

O que posso dizer é que de uma hora para outra a Praça Roosevelt — debaixo do meu nariz — virou o lugar mais agradável para se freqüentar em São Paulo, apesar da violência, da insistência dos pedintes, dos travecos paranóicos, e apesar do meu mau humor.

Um dado: sempre mantive distância, e nunca participei de abaixo-assinados, quero que se foda, e não estou nem aí. "Se estou me divertindo, está bom" — frase do Marião Bortolotto. Assino embaixo.

A falta de vocação para ser Gilberto Dimenstein, aliás, ainda é maior no Mário do que em mim. Ele resistiu até onde pôde, e foi a contragosto que assistiu à A *filosofia na alcova*. A peça não lhe interessava, e ponto final. Não gostou do que viu; ele sabia que não ia gostar. Tava na cara.

Eu gostei. Assistir a essa peça — aparentemente — não tinha nada a ver com a outra coisa, a revitalização da Praça.

Explico: tinha/tem, sim. Sob o ponto de vista que me convém, é claro que tem. Considero *A Filosofia...* a peça-chave da praça. A partir daí a Roosevelt começou a existir outra vez. Eu diria que assistir *A Filosofia...* em 2002, 2003 era um pouco ser politicamente correto de inopino, participar sem perceber, ser incluído no fluxo apesar de.

Era como se um Panda desse uma "espernachia" dentro do ventre de uma Leila Diniz desavisada, em 1972.

Algo meio calabresa, meio banana caramelada. A parte doce — nem é preciso dizer — jamais me interessou.

Nem ao Mário. Pode ter sido pela carolice dele. Talvez, talvez. Não arrisco dizer que sim nem que não. Prefiro acreditar que foi o radar antibabaquice do Mário que deu o alerta. De alguma forma, ele sabia que ir ao teatro naqueles dias (pra ver a *Filosofia*...) era ser um bunda-mole para sempre. Sei é que ele enrolou até onde conseguiu. Repito, viu e não gostou.

Um dado: apesar de ter sido um Gilberto Dimenstein involuntário, nunca vou esquecer a atuação do Ivam, da Phedra e da Patrícia Aguille. Era o elenco original. Depois deles, assisti à peça umas trezentas vezes porque, em primeiro lugar, entrava de graça (sou ou era benquisto na Praça...) e, depois, aquela putaria me servia de pretexto para arrastar alguma buceta pra quitinete. Tô pensando um treco.

Para ser viado nessa vida, o cara tem que ter — no mínimo — uma confiança sobrenatural no fulano que vai lhe enfiar uma piroca no meio da bunda. Taí o paradoxo. Como é que você pode confiar num cara que vai comer sua bunda?

Creio que é o paradoxo que dá tesão. Só pode ser... Bem, se eu tivesse tesão em paradoxos, e tivesse que confiar num cara para me comer o rabo... Ah, ia ser o Ivam.

Tive a certeza disso ao vê-lo na pele de Dolmancé. Infernal, lindo. Até a bunda meio flácida do Ivam dava tesão. Será que ele confia em mim? Apesar do francês capenga, Ivam conseguiu, depois de duzentos e tantos anos, reinventar a Praça — sim, é da Praça Roosevelt que falo! — ao incorporar diabolicamente o aristocrata Dolmancé, libertino de Sade.

De certo modo — e com muita boa vontade — posso dizer que ele, Ivam, também trouxe de volta a filosofia esfarrapada e enfadonha do Marquês para os nossos dias. Se essa montagem não tivesse dado certo, aposto que a Roosevelt não teria ressuscitado. Ivam, Patrícia, e Phedra são os meus Lázaros.

Broxei com Patrícia — o que é um paradoxo sem nenhuma viadagem. Chovia ruidosamente de madrugada, e nós não cabíamos no meu colchonete de solteiro. Em princípio foi o que aconteceu. Também foi a primeira vez que o Fantasma das Espirais me atormentou. Patricia interpretava Mme. de Sant-Ange ou Juliete ou Mme. Mijona, a cortesã devassa de Sade.

Se era truque não me interessa. Jamais tinha visto — ou acreditado ter visto... — uma mulher mijando de pé. Da platéia vislumbrava-se a buceta abrindo pro chorinho de mijo. Abria e fechava. Belo espetáculo... e que bucetão!

Bactéria era a fim dela. Ora, todo mundo era a fim da Patrícia, mas mantínhamos uma distância prudente. Baita bucetão, puta responsabilidade. Bactéria disse que encarava, e que no Capão neguinho não podia se dar "ao luxo" de refugar. Eu lhe disse que não se tratava de "refugo" mas da aparição do Fantasma das Espirais. Sei lá, falei isso só para ver a reação do baixinho — embora acreditasse mesmo no fantasma. Régis, o grande arquimandrita, fiou minha tese, e disse que no Sião a aparição daquele fantasma não era tão incomum.

— Claro — retrucou Bactéria —, no Sião só tem ancião. Tá todo mundo broxa.

Eu ia levando a vida assim. Às vezes broxando, outras vezes trepando, falando merda, participando sem querer dos acontecimentos, tirando com a cara de um e de outro. Se a piada não era boa, pior para a piada.

O Sebo do Bactéria localizava-se exatamente no mezanino do meu prédio — onde naquela época ainda era o Teatro X (depois virou Satyros 2). Prefiro chamar de covil do Bactéria. O lugar em que ríamos da boiolagem da Praça, contávamos vantagem, muita mentira e eu diria até que rolava uma maledicência saudável... se é que isso é possível.

Bem, não sei se é possível. Talvez cotejando com as rodas da Vila Madalena, acho que sim. Mas era conveniente, e a gente se divertia. E bebia muito. Toda noite, de segunda a segunda. Eu saía antes do bar quebrar, e lancei dois livros no Sebo do Bactéria. No primeiro lançamento conheci Julie, a garota que ia oferecer sua virgindade para mim — e que nunca mais seria aquela gordinha linda que amei tanto. Virou uma trambiqueira. Ainda não é hora de falar da Julie.

Estava falando de Mme. Mijona. Ela se encantou com aquela minha conversa literalmente "mole" (esse trocadilho é um presente pro Reinaldão) — mole, porém verdadeira — de querer ser um cara comum... "ter um casal de filhos, constituir lar, família e bigode".

Mas não tive capacidade para tanto. Eu lhe falava da minha incapacidade para ser bunda-mole. Das minhas tentativas, das muitas tentativas: havia vendido antenas parabólicas, fui advogado, comi a mulher do vendedor de milho (duas vezes), trabalhei de gerente de turismo, e um dia — esse era meu maior sonho — havia de fazer um curso no Senac para ser garçom de um hotel três estrelas em Águas de Lindoya. Quando Mme. Mijona ouviu isso se apaixonou.

Eu também. Sempre que chegava em Águas de Lindoya me apaixonava por mim mesmo. Realmente sou encantador.

Só lamento ter magoado tanto Mariana. Ela era muito mais inteligente do que esse meu repertório babaca. Ah, Mariana... esse repertório ainda vai me matar.

O tipo da coisa — o repertório — defunta de si mesma (e rediviva para os outros... na falta do que falar...) que, sinceramente, já me encheu o saco.

Talvez a soma do famigerado repertório, mais o aparecimento do Fantasma das Espirais, tenha feito eu broxar com Mme. Mijona. Acho que sim.

Não que eu queira justificar mais uma broxada na minha vida. Mas especialmente essa broxada com Patrícia A., e a primeira com Noemi... são visivelmente compreensíveis. Quero acreditar nisso.

Já me acusaram de ter uma estrutura sentimental que soma no máximo 9 anos de idade. Acho que é muito, devo estar engatinhando nesse quesito... e provavelmente sou um ancião perto de Immanuel Kant e Jorge Luis Borges.

Fazer o quê?

Se eu quero a garota, ela não me quer. E se ela não me quer, eu estrebucho: vou na macumba, encho o saco dos amigos, escrevo livros inúteis pedindo para a amada voltar... Enfim, sou como qualquer infeliz-brega-romântico deste mundo, e sofro pra caralho.

O que evidentemente não acontece se a situação é inversa. Aí faço sofrer. Sou um cafajeste, ridículo. Uso, abuso e descarto. Tenho 2 anos de idade sentimental mesmo. Ainda estou engatinhando.

Por outro lado, é um regozijo para mim saber, por exemplo, que o Gilberto Dimenstein é um cara resolvido. Deve ser. Se o Gilberto Dimenstein não for um cara resolvido, peço a conta e abandono o boteco para sempre.

A diferença é que esses tipos politicamente corretos jamais desceriam a Augusta de mãos dadas com Mariana, jamais iriam arrastá-la prum hotel fuleiro e a fariam pagar 20 reais a hora... Não iriam ter a manha de chupá-la do meu jeito, isso não. Jamais contariam a velha piada do cachorros que lambem a si mesmos... Sabe por quê, Mariana? Porque eles, os cachorros, conseguem.

Ah, esses merdas politicamente corretos jamais sentariam num boteco (nada a ver com o boteco stalinista do Samuca...) com o Bactéria, o Caco e o Jordão.

Não dá para imaginá-los discutindo os estatutos do Clube do Grelo Suado com a gente. Sabe por que Mariana? Porque eles — repito — são caras "resolvidos", devidamente analisados, que discutem maquetes e inserção social, estão interessados na inclusão pela inclusão, acham que todo mundo tem talento e vibram com a nova vida aleijada de João Carlos Martins; para eles, Mariana, não importa que o pianista foi o maior intérprete de Bach de que já se teve notícia, conta que hoje é maestro na periferia e descobre talentos que jamais poderia descobrir se estivesse gozando de saúde plena e dando concertos em Paris.

Sabe por que esses tipos politicamente corretos jamais sentariam num boteco comigo, Jordão e o Bactéria? Sabe por que eles jamais desceriam a Augusta de mãos dadas com você?

Porque esses merdas não mentem.

Eu menti pra você, e usei meu repertório mais desgastado, sabe por quê? Não, não é porque a amo. Infelizmente, não.

Nada disso, Mariana. Mas porque eu jamais vou escrever um livro pedindo pra você voltar. Tenho muito respeito por você. E você tem todo o direito do mundo de me mandar enfiar esse respeito no meio do rabo. Aliás, Mariana, você fez muito bem em pedir para eu ignorá-la caso nos encontrássemos outra vez.

No seu lugar, faria o mesmo. Não houve nenhum mal-entendido entre nós. Fui um canalha. A minha diferença pros outros canalhas que andam por aí, é que eu sei escrever. Só isso. De resto, sou igualzinho. Vulgar, falastrão, infantil... e tudo o que você puder imaginar junto com Bactéria, Caveirinha e outros canalhas sentados ao redor da boa e velha mesa de bar a mentir, contar vantagens, encher a cara e discutir os estatutos do Clube do Grelo Suado. E foda-se.

27

Tive que chamar o gerente

Muito famíla essa João Pessoa. Acho que estou indo aos lugares errados. A orla é bem cuidada e os quiosques carecem de desorganização. O melhor de todos até agora foi o Buraco da Coruja, onde conheci a negrinha. Não toca música ruim. Aliás, no Buraco não toca música nenhuma. O silêncio num quiosque aqui em JP já o qualifica a ser o melhor de todos. Não sei quem foi o idiota que disse que o Brasil é um país musical. Deviam amarrá-lo num coqueiro, debaixo deste "sol estrangeiro" e deixar seus tímpanos à disposição deste exército de Ivetes Sangalos e clones que gritam sem parar nesse forró-axé-tecno-belzebu-final-de-mundo. Povo de merda.

Em seguida vem a noite, bem cedinho — antes das 18h. Essa é uma cidade para boêmios maratonistas. Não para mim.

Tive que chamar o gerente. A negrinha ainda respirava. O problema era levá-la para um hospital e preencher "a ficha" ou algo que o valha. O que eu podia fazer? Nada. Mesmo porque não dava mais tempo. Então, *cazzo!*, o que eu ia falar pro delegado?

— Não foi a primeira vez que o filho-da-puta do gerente me chantageou, delegado, e desta vez a nerinha Vanusa não acordou dos comprimidos de Nescau misturados com esperma que lhe dei. Sou um pedófilo *in progress* e achei essa garota na orla da praia quando lembrava dos meus falecidos tempos na Praça Roosevelt, foi a negrinha, ela mesma, quem me lembrou do Gruta, um salão de bilhar que fica na Major Quedinho, defronte do Bar do Estadão. Conhece o Bar do Estadão, delegado? O melhor sanduíche de pernil de São Paulo... Mas eu estava no Buraco da Coruja... mais ou menos a 2 mil quilômetros do Bar do Estadão... e então falei qualquer coisa para Vanusa ou lhe paguei uma cerveja, e no dia seguinte a garota apareceu no meu flat. Deu uma liga diabólica, doutor. Quanto mais eu chupava a bocetinha escura e viscosa dela, mais minha memória se afiava, e me encantava. O que eu podia fazer, delegado?

A partir daí contratei os serviços dela, ou decidi que Vanusa seria minha Sherazade às avessas, ou meu penico espiritual, entende? Se não fosse ela eu teria uma overdose de lembranças. Cuidei bem da garota, delegado. Tirei da rua, dei um iPod de presente, dava banho nela e chupava sua bocetinha quase sem pêlos, preta e viscosa, e ela me ouvia, delegado. No começo dava palpites, e até me ajudava a lembrar de coisas de que eu não lembraria se dependesse só da minha memória. E então, sem percebermos, nem ela nem eu, ela passou a ser imprescindível para que eu continuasse a lembrar, embora ela mesma jamais desconfiasse disso. O problema é que ela — acho que sim — começou a se desinteressar das minhas histórias, e eu perdi o controle (engraçado falar assim: 'perdi o controle', né?); mas é verdade, delegado, perdi as estribeiras, e foi o filho-da-puta do gerente do flat, é foi ele mesmo, o puto, quem me vendeu os Gardenais tarja-preta, para minha 'segurança'. Da primeira vez usei os comprimidos misturados com Nescau e esperma, e funcionou. O problema é que a negrinha não sossegava, doutor, e então tripliquei ou quadrupliquei a dose, e bati os ingredientes todos no liquidificador, Nescau e porra, conforme havia feito das outras vezes, e ela adorou, doutor, juro por Deus, fiz tudo direitinho — sou cuidadoso, o senhor tem de acreditar em mim! — ela gostava tanto daquilo. Exagerei na dose, tudo bem, mas foi para sossegar a negrinha, que estava se transformado numa iguana, delegado! Ah, Deus! digo, ah, delegado!, eu tinha que fazer alguma coisa! Uma iguana! Aí ela capotou pra valer, delegado. O que eu podia fazer? Ah, eu tinha um monte de coisas pra lembrar, e comecei a lembrar as coisas por conta própria, e eu até estava conseguindo lembrar das coisas sem ela, fiz uma experiência, mas aí ela apagou direto, e o gerente não me deixou levá-la ao hospital... porque eu pensei que podia fazer uma lavagem no estômago dela, ou algo que o valha, mas o filho-da-puta do gerente não deixou... então Vanusa parou de respirar e... bem, doutor, agora estou aqui cumprindo minha obrigação de cidadão consciente, votei no Lula na primeira eleição porque achei que...

"Mas, enfim, delegado, é impossível lembrar ou falar da Praça Roosevelt sem falar dos travecos. Nem sei por onde começar, doutor.

"O mais ululante, doutor, seria falar do ponto de vista do garoto travado. Das primeiras e rudimentares imagens do diabo em minha mente. Acho que vou fazer isso. De certa forma, os travecos são mesmo óbvios. Quando vi uma mulher com bagos pela primeira vez — devia ter uns 8 anos de idade, pensei: 'eis o capeta pintudo'. E depois pensei: Se eu não for bonzinho nessa vida, a primeira coisa que vou ganhar ao chegar no inferno é uma piroca no rabo! O diabo podia me enrabar, entende delegado?

28

Meu fantasminha mais recente

Daí que eu e o gerente resolvemos sumir com o corpo de Vanusa. Porém aquela confissão imaginária ao delegado que jamais existiu precisava ser concluída. Havia muito o que lembrar, e Vanusa, agora, era mais um fantasma... meu fantasminha mais recente.

Se eu fosse razoável e coerente (o que não é o caso) diria que não faria menor diferença se Vanusa estivesse viva ou morta.

Nem uma coisa nem outra.

O fato é que eu não havia perdido completamente a razão, talvez um pouco do discernimento, e portanto continuava a lembrar das coisas como se Vanusa ainda estivesse ao meu lado, me servindo de penico auditivo-espiritual. A diferença é que agora eu não tinha freios, e o risco, enfim, era todo meu. Um tanto de alívio. Um tanto de saudades.

O sumiço do corpinho de Vanusa ficou a cargo do gerente do flat, a única coisa prática que fiz foi encerrar minha altíssima conta na unidade de Cabo Branco, e ir para a praia de Cabo Verde. Num outro flat, da mesma rede de hotéis — seguindo a sugestão do filho-da-puta do gerente, que me garantiu que na unidade de Cabo Verde ninguém me incomodaria. Ele mesmo reservou o apartamento para mim "de frente para o Farol da Barra, o senhor vai adorar". Nem sei se tinha um "Farol da Barra" naquele lugar, mas ele me garantiu que eu ia "adorar". Também me congratulou pelo bom gosto na "escolha" (embora a "escolha" tivesse sido feita por ele mesmo), fez as medidas de praxe e, provavelmente, garantiu sua comissão. Depois chamou o táxi e me recomendou o pôr-do-sol na Praia do Jacaré. "Imperdível" — foi a última coisa que o filho-da-puta me falou, ainda lembro: "Imperdível."

29

Um burrico pasta mansamente no capim da Praia de Cabo Verde

Quando cheguei à Praça Roosevelt, em 2001, aos 35 anos, pensava exatamente aquilo que confessara ao delegado imaginário: "Se eu não for bonzinho nessa vida, a primeira coisa que vou ganhar é uma piroca na bunda quando chegar ao inferno."

O diabo era um travesti — acreditava piamente nisso. A verdade é que eu não conhecia as mulheres.

O primeiro traveco que me chamou a atenção foi um velhinho encarquilhado que descia a Rua Augusta amparado numa bengala. Arrastava-se do outro lado da calçada. Devia ter enfiado muito aquela bengala no próprio rabo. A bizarria ficava por conta dos peitões empinados. Ele devia ter recém-implantado as tetas. A bem dizer, as tetas bicudas meio que seguravam o resto do corpo. Como se o velhinho estivesse suspenso por uma aberração, ou um gancho. Ele precisava daquilo para andar, como precisava da bengala. Uma prótese maldita que escarnecia da gravidade, dos transeuntes e dos adjetivos mais repulsivos... aquele gancho de silicone era um léxico de toda sua história medonha. Tesão. Em seguida, lembrei no capeta da minha infância. E tive a convicção de que era exatamente aquele velhinho que ia me recepcionar nos quintos dos infernos, de pau duro e peitão empinado.

Aquilo era mais do que uma mistura de decrepitude e demência. "Quem é que vai chupar aquelas tetas?", pensei comigo mesmo.

Ora, eu. Só eu mesmo é que podia chupar aquelas tetas.

O único traveco que se equiparava ao velhinho no quesito monstruosidade era o Fofão. Esse era maligno pra valer. Papi — a mãe do meu filho Panda — era amiga dele, e me contou sua triste e redundante história.

Fofão foi muito rico. Um dos maquiadores mais requisitados do circuito gay à época. Em São Paulo as modelos internacionais o disputavam aos tapas. Silvinho — o cara que passou AIDS para Sandra Bréa — e Boy George (foi a Papi quem me contou...) eram seus clientes. Se alguém quisesse fazer uma gênese da boiolagem nacional e internacional dos 80's necessariamente teria de passar pela mansão do Fofão.

No famoso 181 da Rua Grécia rolava de tudo às fartas... muita farinha, celebridades e orgias memoráveis. A bicha tinha conexões com Brasília. Parece história do Aguinaldo Silva, mas é a mais pura verdade: senadores e deputados lhe deviam favores cabeludos. Papi me garantiu que teve até ex-presidente que se maquiou com Fofão. O tal do ex-presidente fazia questão de desfilar de baby-doll nas embaladas festas da bicha. Sem exagero, pode-se dizer que Fofão era a Rainha Diaba da Rua Grécia. Não vacilava jamais. Isso até se apaixonar por Luck Jason, um michê cearense que lhe tirou tudo. A partir daí a história que já era um grande lugar-comum, passa a ser um lugar-comum atrás do outro. Fico constrangido em escrever: um lugar-comum atrás do outro até chegar às latas de lixo da Praça Roosevelt.

Hoje Fofão vive a revirar as latas de lixo, pragueja contra tudo e a todos, às vezes apanha dos garotos de rua e quase sempre está maquiado e de barba comprida. Creio que ninguém, nem os bêbados e os mendigos, ninguém hoje em dia conseguiria encarar a bunda dele. A bicha é violenta e agressiva ao extremo.

Outro dia deu um presente para a Fernandinha, garçonete do La Barca. Dentro de uma caixa de sapatos impecavelmente embrulhada — "Fui eu que fiz, Fernandinha" — uma pomba destroçada. A coisa mais triste do mundo é encontrar o Fofão em dias de chuva. Sei lá, esses travecos me dão uma tristeza nojenta.

Com exceção de Phedra de Córdova.

Phedra é divertido, e traveco na medida certa. Um ator. Sem ele, "A filosofia na alcova" seria inimaginável. Fazia Augustin, o criado demente de Mme. Mijona. Tem 70 anos, e saiu de Cuba um ano antes do golpe de Fidel. Anticastrista convicto. Comeu muita bunda de general nos tempos da ditadura. Morou em Paris, freqüentou o Collège de France e desfrutou da "intimidade" de Foucault e Barthes. Trabalhou nos cassinos do Rio na época de ouro, e, para mim, conversar com ele é ler ao vivo e em cores a *Revista Manchete*, como se o ano de 1959 e o teatro rebolado jamais tivessem deixado de existir.

De certa forma, Phedra é o elo perdido entre os bataclãs que deviam satisfações ao garoto transido de falecimentos e o adulto travado em que me transformei. Uma dessas gratas surpresas que a vida reserva pra gente. Aliás, não deixa de ser divertido — e curioso — pensar que foi um travesti discípulo de Barthes o responsável por fazer essa gambiarra tão excêntrica na minha vida. Dez minutos de conversa com Phedra valem por toda a obra de Jorge Amado. É o único travesti que tem a manha de sentar numa mesa com o Bactéria, o Wiltão e o Marião. Não bebe. Ivam e Rodolfo Vasquez tiveram a clarividência e o bom gosto de chamá-lo para trabalhar no Satyros. Ah, saudades, saudades da Praça!

Não sei se vale a pena, depois da Papi, do Fofão e da Phedra (o velhinho tetudo foi uma aparição...) falar dos outros travecos da Praça. Regra geral — essa sempre foi minha impressão — eles anunciavam tragédias o tempo inteiro.

Outra noite, um despencou do sétimo andar em cima das mesas do La Barca. Previsível. Desde o primeiro dia depois que mudei para a Roosevelt esperava por isso. O inusitado aconteceu na semana anterior.

Carol — se não me engano chamava-se Carol — andava muito esquisito. Via macacos subindo pelas paredes do La Barca. As garçonetes do bar estavam preocupadas. Provavelmente atravessava um surto psicótico, agravado pelo uso de drogas. Até aí nada demais. Drogas, jacarés, macacos e lagartixas são presenças mais do que comuns a subir as paredes daquele bar. O que não falta é gente psicótica no La Barca para ter esse tipo de alucinação. O inusitado se deu mesmo na noite anterior ao suicídio. Carol foi até a cozinha do boteco, e fez um pedido a Isabel, a outra garçonete.

"Isabel", disse, talvez pela primeira vez usando seu vozeirão grave de machão. "Me dá um abraço." A garçonete apavorada o abraçou. Foi o último abraço antes de Carol despencar. Quase cai em cima do Bactéria. Eu bebericava uma taça de vinho, e na hora pensei comigo mesmo: "Acabou, a Praça acabou."

Coisa nenhuma. Ao contrário, a Praça assimilou a queda de Carol. Assimilou porque — somente agora entendo — as desgraças se anunciavam antes de acontecer. A felicidade também. Pelo menos na Roosevelt, era assim. Se eu quisesse poderia, aqui e agora, antecipar todos os sortilégios que a Praça há de assimilar nos próximos anos... Mas não quero.

Não sou Mãe Dinah, e digo apenas que a noite em que Gilberto Dimenstein fez seu showzinho de horrores politicamente correto acompanhado do pianista aleijão... foi a primeira noite dos últimos dias da Praça Roosevelt.

30

Flat de Cabo Verde

Não que eu sinta falta da negrinha.

A bucetinha lambida de Vanusa — na pior das hipóteses — me dava um lastro. Um lugar em que me apoiar, um ponto para o qual todos os outros pontos convergiam. Ela era meu Aleph-mirim e ao mesmo tempo minha Sherazade às avessas. Nada mal para quem procurava uma despedida em Las Vegas, encontrar um Borges e as mil e uma noites por acidente, *comi enfaut*. Isto é: antes eu tinha a segurança que alguém me ouvia. Agora, não. Sou apenas eu, e minhas lembranças. Ninguém me ouve, e eu já não sei se lembro para existir ou se existo para lembrar.

Até a indiferença de Vanusa, e a incompreensão dela diante de minhas recordações, eram coisas com as quais eu podia contar, e lamber, digo, lembrar. Aí ficava mais fácil, e eu de fato lembrava. Sabia de onde vinham as coisas, e o que eu queria delas. Nem que eu quisesse desfazê-las, arriá-las, destruí-las... Isso não importa. Vale que eu guardava uma relação de causa e efeito: Nescau, lambidas e esperma.

O meu medo é que, sem Vanusa, aconteça aquilo que eu temia. Aos poucos — e isso já é concreto — vou perdendo o fio da meada ou o freio das lembranças.

Hoje de manhã, por exemplo, bati o nescauzinho de esperma para a negrinha. Mas Vanusa não estava lá. Fiquei apavorado, achei que ela tivesse fugido ou virado uma iguana, e só depois que os funcionários da recepção me mostraram a ficha do flat, atinei que havia me hospedado desacompanhado, lembrei do que havia acontecido e consegui descansar.

Ainda bem que — apesar dos pesares — ainda tenho/tinha duas mulheres para me decepcionar.

Julie e Narah. Essas duas garotas eram tão presentes, e a lembrança delas tão robusta, que — pensei — eu teria liberdade para prosseguir sem Vanusa. Se nenhuma delas existia mais, assassinadas de fato ou desaparecidas no tempo das recordações, isso, para mim, era o que menos importava. Vale que a lembrança delas me assegurava, no final das contas, que ainda era EU MESMO que estava ali olhando o Farol da Barra de Cabo Verde, (nem sei se esse farol existe).

Havia me transformado num velho árabe de olheiras azuis, de frente para o mar, a lembrar, lembrar.

Ao nescauzinho de esperma acrescentei uma dose dupla de vodca e dez gotas de adoçante. Mandei pra dentro.

E prossegui.

— Escuta, meu cadaverzinho-baby...

* * *

Tenho que admitir que fui muito feliz com Narah e Julie, essas garotas. E se de alguma forma me senti frustrado com elas, também fiz o mesmo, ou seja, causei um estrago considerável em Mariana, acho que sim.

Não dá para falar em decepção. O que eu poderia apontar de comum em todos esses casos é o desencontro. E aí, não posso falar em decepção nem da minha parte, e nem elas da parte delas, acho que não. Talvez por isso, antes de falar dessas mulheres, gostaria de tratar do desencontro.

Sendo assim, sou obrigado (com muita satisfação, aliás) a lembrar de Carlinha, e Jarbitos. E de duas experiências esclarecedoras que tive em terreiros de macumba.

A primeira macumba foi com Carlinha. Teve uma época que estive interessado em Carlinha — depois me desinteressei, essa é a novidade. Geralmente insisto.

Mas com Carlinha foi diferente. Acabamos entrando num acordo, e prometi a ela um lugar de viúva na minha peça de teatro. Assim ficou. Quando a encontro, para todos os efeitos, Carlinha é minha viúva em vida, a primeira e única.

Pois bem, a vida afetiva dela devia estar capengando à época. E eu havia levado aquele famigerado pé na bunda, e não conseguia comer ninguém. Uma tristeza só. Então Carlinha me convidou para ir a um "terreiro superfamília" perto do Parque Antárctica. Me interessei: "terreiro superfamília", classe média, era comigo mesmo.

Devia ter no máximo uns três crioulos por lá (devidamente adaptados, embranquecidos). O resto era "gente de bem". Classe média mesmo, estudantes, advogadas patricinhas, executivos da Ultrafértil, donas-de-casa e surfistas.

O santo baixava em todo mundo. Fiquei ligado numa patricinha advogada que não tinha bunda, mas que realmente incorporou algo diferente de um chalé em Campos do Jordão, dois cães labradores, os filhos devidamente matriculados na escolinha mais perto de casa, planos de saúde e um maridão metrossexual, digo, incorporou algo realmente diferente dela, a coisa era pra valer.

Carlinha me explicava os lances. À medida que as entidades iam incorporando em seus respectivos cavalos, o pessoal escolhia o santo do seu agrado e partia para a consulta. O cardápio era variado. Tinha o Mata Virgem (mal-encarado, fiquei com medo) chefão do terreiro; Ogum, que era meu pai; os caboclos, índios e mestiços. O mais provável seria eu ir me consultar com

Ogum que, além de ser meu pai espiritual, de lambuja ainda estava incorporado no irmão do Montenegro. Tudo em casa.

Mas preferi Mãe Jaciana. Uma simpatia de cabocla, incorporada numa garota linda. O que me pegou foi o sorriso dela — doce, materno e feminino. Era dia dos curumins. Festa de Cosme e Damião, crianças. Ou seja: tudo o que eu queria ter. A minha fixação desde Joana a contragosto, quando troquei uma filha por uma paixão abortada no Largo do Machado. Nunca havia chegado a tanto com uma mulher. Claro, acreditava nisso porque acreditava no dia seguinte. Mas não teve o dia seguinte. Somente a pílula e o aborto em todos os seus aspectos mais abomináveis. Havia levado um pé na bunda e procurava uma resposta. Não aceitava a troca. Não queria o livro que escrevi, queria minha filha. Nessa hora, mãe Jaciana correspondeu às minhas expectativas.

De certa forma, eu é que era a cabocla velha que havia incorporado na linda garota de sorriso franco, o cavalo, a mulher, minha filha perdida, todas elas falavam, inclusive Joana, através de Mãe Jaciana. Todas elas falavam o que reverberava em mim. E eu seria feliz, sim. A mulher da minha vida estava ao meu lado — seria a advogada patricinha sem bunda?, Lolô ou Carlinha? — bastava saber olhar como quem pedia o que lhe era devido... ou seria a própria garota que incorporava Mãe Jaciana? Todas elas. Um amor em cada porto foi o que me disse a cabocla.

— E a minha filha, cadê a garota?

Era isso o que me interessava, e eu fui direto ao assunto. A entidade sorriu o sorriso mais belo, e eu entendi que sim, bastava esperar.

Esse *tête-a-tête* com o sobrenatural me aliviou um bocado. Primeiro porque não tinha a burocracia das outras religiões, e depois porque não me custava nada olhar para o lado. Não fiz nada diferente nos últimos dois anos. Várias vezes tive vontade de voltar ao terreiro e refazer a pergunta a Mãe Jaciana. E a garota?

— E a minha filha, cadê a garota?

Cadê Vanusa? Em um momento acreditei que estivesse na minha frente. Ou melhor: dentro de Narah.

* * *

Meu intuito, aqui — depois de tudo, e depois de ter me livrado do corpinho de Vanusa com tanto êxito — era falar de duas macumbas. Todavia acho que essa experiência com Carlinha foi mais do que esclarecedora. A macumba com Jarbitos e o pessoal da segunda leva do Cemitério fica para a próxima. Abraço aí, Porpetta, Edinho e Máfia Yakissoba. Tomem cuidado com o coreano tatuado.

Volto a Narah. Ou melhor, antes queria falar de Julie e em seguida lembrar de Narah. Uma foi conseqüência necessária da outra. Mas foi Narah a segunda garota a tomar a pílula do dia seguinte. A garota do desencontro necessário. Dessa vez, porém, sem a minha cegueira irrestrita. Se Joana me enganou porque me amava, Narah — ao contrário — jamais me prometeu algo diferente de diversão e boa companhia. Deixou isso muito claro desde o início. Oferecemos um ao outro uma história muito bonita, com um final triste e planejado. Um acordo. Como se isso fosse possível. Evidente que acabei me apaixonando e Narah cumpriu a parte dela.

31

Narah

A melhor amiga de Julie. Ainda mais nova. Quando a conheci ela havia completado recentemente 18 anos. Eu sabia que Julie havia lhe emprestado meu *Herói devolvido* e que ela havia gostado muito. Aí fui pro Orkut — o açougue virtual — apenas para confirmar.

Vi mais do que queria.

No perfil, Narah dizia o seguinte: "Eu daria pro John Fante." Loira, linda, lábios carnudos... todas as descrições de uma garota de 18 anos com direito a fotos dos pés e mais um pescoço lindo e ombrinhos com marca de biquíni e todos os quesitos e pré-requisitos de uma fêmea muito gostosa que não vou perder tempo em reproduzir aqui. Se ela queria dar pro John Fante, é claro que queria dar para mim.

Aí mandei um e-mail muito matreiro perguntando da Julie, a melhor amiga. Que havia sumido e deixado uma mancha de sangue maravilhosa no meu colchão ortopédico, junto com seu hímen.

Julie andava apática — estava em processo de casulo — e em poucos meses iria se transformar (me sinto responsável...) na trambiqueira-mulherão tão diferente da gordinha encanada e inteligente que amei tanto durante os dois meses mais delicados (a delicadeza ficava por conta dela...) e bonitos da minha vida.

Num primeiro contato, Narah confirmou o casulo da amiga e escreveu um e-mail meio que exibindo seus dotes, e eu gostei — pelo menos para mim, que estava a fim de comê-la, era perfeito — além de bem escrito, aparentemente não tinha (ou disfarçava muito bem) qualquer conotação sexual. Isso me deixou excitado. Dizia o seguinte:

"elainda tá assim. apática. marcamos de escrever um manifesto cinco livros não publicados milankunderices proezas minhas e afins mas. bem. está cansada... " etc. etc.

Curioso, o estilo lembrava muito Caveirinha; imediatamente associei o encavalamento de palavras (típico do Caveirinha) à falha de caráter, e por isso mesmo, gostei ainda mais da garota. Sobretudo aquele "elainda tá assim. apática... milankunderices proezas minhas e afins"

"beijo, Narah"

Tenho uma tese sobre o estilo do Caveirinha e a estendi a Narah. Ele escolhe as palavras — o que é diferente de fazer literatura — do mesmo jeito que se aproxima das pessoas: por acumulação. O ajuntamento (ou o entulho) é intrínseco ao seu modo de agir. No caso do Caveirinha o intuito era publicar e ser reconhecido... No de Narah, era chamar atenção para si e para o seu mundo em miniatura (talvez tivesse alguma pretensão literária... mas isso era apenas uma conseqüência, nada mais). Enfim, o traço comum a ambos era a aproximação através de cumplicidades. Tanto faz se de modo explícito como o Caveirinha... ou da forma implícita — e aí entra o componente feminino — como operava Narah.

Interpretei as tais de "milankunderices proezas minhas e afins" da seguinte maneira (aliás, como ela queria que eu interpretasse...): "sou inteligente-gostosa-escorregadia, estou aí na vida e você ainda não viu nada, meu chapa". Então tá.

Eu ia pagar para ver. E sabia que no final das contas corria um sério risco de me apaixonar. Aí mandei um e-mail cínico, porém sincero — sincero mesmo — elogiando o estilo dela.

A garota simplesmente foi devastadora:

"sieu conseguisse deslocar o assunto do meu púbis (ah mocinheducada) pro meu umbigo melhoraria bastante. mas (...) até os vintecinco consigalguma cousa. (disse dia desses meio ébria prum amigo que quatro coisas podem foder a vida duma mulher: beleza, inteligência, consciência, desencanto (piandinfame: posso acrescentar mais uma: caipirinha) sem modéstia digo que tenho as quatro. só restando pra mim o suicídio ou tornar-me — segundo ele — uma "triste figura". Varévers.)
... ou viro vendedora de shopping
se cuida você também, Marcelo
a gente se vê.
Narah"

Putaqueopariu. Ela sabia as implicações e os desdobramentos — e a distância exata! — entre o púbis e o umbigo. Com 18 anos eu não sabia nem sequer dar um bom-dia. A garota ia muito além das minhas conjeturas. Tinha senso de humor, leveza e um ritmo que não atrapalhava o raciocínio. Aquele ajuntamento de palavras que tanto me incomodava no Caveirinha estava, no caso de Narah, a serviço do texto — e do sexo administrado com uma maturidade que transcendia o próprio sexo. Não havia termo de comparação entre ela e o Caveirinha. Ou aquela menina era um fenômeno, ou eu estava novamente apaixonado.

Ou as duas coisas.

De qualquer forma, não podia mostrar o meu pasmo. Aí parti para o ataque. Mandei-lhe um e-mail dizendo que era a favor do priapismo espiritual (sou mesmo: e isso sempre funciona...). Disse que o sujeito que a comia devia ser um cara de sorte. Talvez — muito provavelmente — não a merecesse. Mas tinha sorte. Senão pela foda, pelo estilo que eu havia adivinhado logo no primeiro e-mail.

Pela primeira vez meu "priapismo espirirual" não havia funcionado — com Narah, não. Ela me respondeu dizendo que não garantia a foda. Mas que o "filho-da-puta" estava sendo parido (quem seria esse "filho-da-puta"?) e ela jurava que não tinha nada a ver com o parto... que não era de propósito:

"tenho o hábito de comprar maldições" — terminou a resposta me mandando "um beijo".

"Um beijo" — isso foi muito bom.

Será que ela pressentia esse livro? Será que sabia que iria fazer a troca... cumprir a maldição? Sabia que ia repetir a história: tomar a maldita pílula no dia seguinte? Se sabia por que depois de todo esse tempo, me mandou um e-mail pedindo: "Não, por favor." Teria perdido o talento? Se arrependido? Acho que sim.

Tarde demais.

Não sei se vale a pena transcrever todos os e-mails até chegar ao primeiro beijo de despedida na entrada do metrô e de lá para nossos quatro dias em Recife.

Alguns e-mails são realmente preciosos. Mas reproduzi-los aqui me causa um desconforto e sofrimento desnecessários. Todavia escrever é isso: duplicar o sofrimento. Matar o que já morreu. Remoer a falta. Fazer suflê da merda ressequida. Inventariar o irremediável, como queria Caio F.

Quase impossível abrir mão desses e-mails.

O jogo de sedução já estava mais do que estabelecido. Embora não garantisse "a foda", Narah tinha o hábito de "comprar maldições".

Hoje, aqui em João Pessoa — longe de tudo e de todos — posso dizer com tranqüilidade que Narah sabia o que estava comprando, e não levou gato por lebre. Nem eu.

Os e-mails começaram a esquentar. Lembro que à época estava em cartaz um filme chamado "Nove canções". Um garoto. Uma garota. Nove shows de rock. Muito sexo e uma despedida. Saí da sessão e mandei um e-mail pra ela:

"querida,
Acabo de sair do cinema. Pensava na Julie, sinto falta dela e prometi a mim mesmo jamais escrever uma linha sobre nosso *affaire*. Não vou me trair.

Tesão danado depois de ver esse *9 Canções*. Já viu?

Bem, o que acontece quando saio do cinema? Imagino você, Narah, a melhor amiga, dando uma rapidinha comigo.

Sou um carola, e o melhor escritor deste país — você sabe, né? Sou capaz de comer qualquer mulher só na base da sintaxe. Mas não quero isso... juro que não!

Sinceramente, cansei do meu repertório. Vou lhe contar uma coisa: a melhor lembrança que tenho da minha alcova com a Julie, é sua. Julie, seminua, me falando sobre você... ela... linda e recém-desvirginada. Acho que é o nosso triângulo.

O problema, Narah, não é comprar maldições. São as parcelas e os juros que jamais vamos pagar. Espero que Julie fique com ciúmes.

Beijos nesse púbis ilustrado,
MM, seu"

Uma observação: eu realmente estava sendo sincero quando dizia que havia me cansado do meu repertório. Tava de saco cheio de ter de viver em função da literatura. Não queria fazer a troca novamente. Escrevi um livro sobre o assunto. Perdi Joana por causa disso — perdi minha vida por isso, aliás.

Se traí as meninas, antes traí a mim mesmo. Também não nego — não dá para negar, claro que não — que usava esses argumentos para seduzi-las. Se os céus ou o inferno queriam brincar comigo — e aparentemente não estavam a meu favor — eu ainda me dava o direito de tirar umas casquinhas, jogava no meu próprio time.

Ela:

"querido,

... duplos sentidos são um hábito (amigos olhando pra Narah e dizendo: mas se essa piada maliciosa não viesse daí...) assim como os afetos e a depilação a pinça... meus triângulos costumam ser um pouco diferentes, eu devo achar que a vida é Jules & Jim ou que sou eu *la femme qui amait les hommes* sempre numa versão mais light para crianças de dezoitanos,

... não vi *9 Canções* (ciúme faz bem pra pele)
beijos,
... Narah"

A coisa estava parelha mesmo. Toma-lá-dá-cá. Devo ter tocado umas trezentas punhetas para esse "la femme qui amait les hommes". Ela sabia perfeitamente o que estava fazendo, e depois me confessaria que tocou milhares de siriricas para meus e-mails — nunca porém me revelou os trechos: "Para você não usar com as outras, querido."

Poxa, finalmente eu havia encontrado uma grande mulher. Pensei que havia me curado de Joana e Julie de uma vez por todas — tolice minha. O próximo passo era conhecê-la pessoalmente. Tinha que ser direto, então lhe mandei um Exocet — míssil antigo usado pelos argentinos nas Malvinas — para ela ver com que tiozinho estava lidando: "Quer dar pra mim?"

Ela:

"não sei porra. Porra? Ou não porra?
Seguinte, Marcelo,
... eu ficava com um garoto. julie ficou com ele. eu namorei o garoto. quimporta que o garoto é amigo nosso?... mesmo assim quandeu ia trepar com ele me vinha a imagem... ela com ele... me dava um asco danado (...) etc. etc.
... eu dependo de um mínimo denvolvimento emocional (isso a gente consegue com três caipirinhas)... mas nesses casos d'asco nem apaixonada... eu teria nojo — ela também — acho quisso não é o que você quer... certas coisas acontecem melhor por e-mail... por hora trepo contigo lendo seus livros, e só,
... um beijo?"

Vacilona. Bunda mole, não teve bala pra encarar o tiozinho. Aquele papo de menininha descolada-escorregadia já estava me enchendo o saco. Fiquei na minha e interrompi a comunicação.

Três dias depois, recebo um e-mail intitulado "perguntinútil":

"... eu andava pela Praça Roosevelt... você mora lá. eu acho que te vi. eu te vi, MM? Perto do Sebo do Bactéria norário da peça que tá por lá?"

Aí fui implacável. Joguei-lhe toda minha artilharia de "Wars", "Banco Imobiliário", "Genius", João Antônio,

Batalhas Navais & Exocets que havia acululado durante meus 39 anos de tempo perdido:

"Se você viu um cara barbudo, com um copo de vinho tinto na mão — e abraçado a rancores e tesões insuspeitos, acho que sim."

Nossa primeira vez não teve sexo. Mas enfiei três dedos no rabo dela, e dei-lhe uns tapas sincopados. Nunca havia batido numa mulher. Não sei por que, mas a bunda de Narah pedia umas chapuletadas. Ela tinha uma bunda vocacionada pro tapa. E eu havia descoberto minha vocação para bater. Foi nesta mesma noite que o Mário arrumou uma encrenca no covil do Bactéria. Eu ouvi uma gritaria danada na rua e pensei comigo mesmo: "Eu aqui no bem-bom com essa garota maravilhosa, e os caras quebrando o bar lá embaixo. Vão tomar no cu."

Ah, como foi bom acordar com Narah na minha cama. Uma garota, garotinha. Alva... Usava uns óculos que lhe davam um ar de estagiária curiosa. Poetas não quiseram comê-la por delicadeza (em sentido amplo). Ninguém podia imaginar a bunda vocacionada que tinha aquele anjinho... Novinha de tudo e puta, muito puta, honesta (explico em seguida), e sobretudo diaba.

Hoje, se tivesse tido a oportunidade de escolher, escolheria a poesia... isto é, preferiria ter participado do quebra-pau no bar. Foi nessa noite que quatro caras esfregaram a cara do Mário no asfalto. E ele estava sozinho — não tinha um amigo para ajudá-lo. Bateu, é claro. Mas apanhou feito um judas. E eu lá em cima, achando que surrava a garota — quando na verdade estava sendo triturado por ela. O joelho do Marião nunca mais foi o mesmo.

Resultado: eu estava apaixonado. Outra vez.

Levei-a para tomar café-da-manhã no Galícia, esquina da Nestor Pestana com a Rua da Consolação. O atendimento é uma bosta. Ela disse que preferia pão de queijo e que seria melhor parar por ali. Eu desviava o assunto e contava as velhas piadas de sempre... Narah não escapou da piada do cachorro que lambe a própria genitália... também me contou piadas ótimas e deixou muito claro que aquilo era inviável. Honesta, sim. Não ia dar certo... apesar do meu pau grosso, da boa companhia... de eu ter adivinhado que ela adorava apanhar... do pai fracassado pelo qual nutria um carinho desnecessário, da avó que foi cafetina num puteiro de luxo na Rua Piauí... da Julie que foi tão delicada conosco, e que ficou lá no seu casulo... do nosso beijo de despedida na entrada da estação República do metrô:

"Vamos repetir a foto, Narah?"

"Aquela...?"

"Isso."

"Não. É perigoso..."

Tasquei-lhe um beijão doisneaus, e incluí algumas notas de "Otoño Porteño", do Piazzola. Resolvi optar pelo tango do argentino, embora num primeiro momento tivesse me ocorrido a dupla Fellini/Ninno Rotta.

Soltei-a de supetão, e ela quase caíu. Foi o tempo certo de segurá-la nos meus braços, olhar nos olhos dela, e mandar essa: "Não, não diz nada."

Dei-lhe as costas, e ela sumiu na escada rolante da nossa versão Casablanca-Terminal Barra-Funda.

* * *

No dia seguinte ia ser a abertura das Satyrianas.

Vou explicar. Trata-se de três dias e três noites ininterruptos de bebedeira, shows variados, palestras com figurões, peças em cartaz na Praça Roosevelt e putaria generalizada.

Preferiria falar da versão do Mário para as Satyrianas... que é uma festa batizada por ele de "Churrasquianas". São três dias de churrasco, bebedeira & rock-and-roll no sítio da Esther. Queria falar da minha amiga Esther, mandar um abraço pro Linari e dizer que não ouvi o CD que ele me deu.

Mas fica para a próxima: sou um nepotista estético. Quando dá para elogiar meus amigos, elogio sem pudores. Quando não tem cabimento, até meus inimigos se livram de levar bucha. Aliás, aproveito a oportunidade para cobrar a grana do irrelevante Arturzinho (Lembram? Aquele dos bichinhos que existem e não existem) e mandar Betinho pro inferno.

A despedida no metrô havia me entorpecido, de modo que não sei dizer se combinei ou não um encontro com Narah no dia seguinte, na Satyrianas. Exatamente nesses dias eu havia aprontado uma cafajestada com Mariana. E, de certa forma, Narah havia sido uma surpresa para mim. Eu não fazia a menor idéia do que ia acontecer — tão rápido — conosco. Tinha que escolher entre uma e outra. Mas naquela noite tive que ir ao cinema com Mariana. E aprontei outra cafajestada... Estava realmente cansado e fui dormir. Sabia que às 3h30 da manhã teria que me apresentar no Show de Boate da Satyrianas.

Claro que Narah apareceu. Evidentemente que nos desencontramos, e o tesão só fez aumentar. Também é evidente e mais do que justificado que Mariana tenha descoberto tudo, e desde esse dia quis me ver do outro lado da calçada.

Eu ia ler a única poesia que escrevi na vida, "Oração de Quatro", para quatro bundas, às 3h30 da manhã. Quatro bundas de mulheres, e não quatro travecos que apareceram por lá. Tudo bem — eu estava com sono e cansado de putaria — era só ler a porra da poesia... e me retirar. E foi o que fiz. Só pensava em voltar pro meu travesseiro. Quase perco a antevisão dos meus lençóis por conta da ignorância dos travecos, que não souberam interpretar o trecho em que eu ordenava: "De cócoras! De cócoras!" As bichas não sabiam o que era "cócoras". Esquisito, muito esquisito.

No final deu certo e eu consegui me retirar.

Pensava o tempo inteiro em Narah. Na bunda de Narah enquanto falava a poesia pras bundas dos travecos. Não sabia que ela estava no teatro apinhado de gente. Que tinha ido lá para continuar o que havíamos começado um dia antes. Depois da minha leitura, um instante antes de subir à quitinete, encontrei o namoradinho de Narah meio que puto da vida, dei um "boa-noite, corno" para ele e fui dormir.

Um dado. Naquela nossa conversa no Café Galícia (antes da despedida no metrô), fiz Narah me prometer que escreveria a história que estou escrevendo agora. Tinha algo de diabólico naquela dívida que ela contraiu comigo e que nos dizia respeito a ambos — é bom deixar isso muito bem claro.

No dia seguinte, recebo um e-mail dela.

"(procurei Marcelo no Sebo do Bactéria, no La Barca. No Satyros 1. No Satyros 2. Só achei Marcelo três e pouco (mais que tresemeia) da manhã, eu & minhas pernas na parte de cima do show de boate. ele não me achou nem na saída, quando dei de cara com

— Mário, digo, bortolotto. Ce viu o Marcelo, digo, MM por aí?
— ele foi dormir.
— ah...
— toca no apartamento dele...

— não, deixa.
— ele vai gostar.
— não, tchau.

Depois, café. maçante literário (pelo menos tinha suco de laranja) sem Clarah (que devia estar de ressaca como todas as pessoas decentes estão num domingo de manhã, Narah preenchendo uma folha de caderno com a expressão "senso comum", pensa que podia estar fazendo qualquer outra coisa menos aturar militâncias homossexuais enquanto cabeceia de sono (...) mulher com bicha politicamente correta é um treco muito cu, mesmo.

... eu devia ter te acordado, pena que tenho qualquer coisa parecida com ternura que me impede de acordar homens adormecidos às cinquemeia da manhã...

da próxima vez enfio a ternura no rabo do Trevisan, ele vai gostar

... sim precisamos conversar mais,

beijo,

... Narah"

Narah se referia ao café-da-manhã com Trevisan e viadagens politicamente corretas que faziam parte do cardápio das Satyrianas. Ah, meu Deus! Como é que fui perder uma garota dessas?

Se entendo, não aceito. Ainda assim, insisto: como fui perdê-la?

Talvez a tenha perdido da mesma forma que deixei

Mariana. Todas as Marianas da minha vida. Narah sou eu. Mariana sou eu.

O agravante no caso de Narah é que ela mesma havia antecipado a inhaca: "costumo comprar maldições".

Na verdade, repetia o enredo, meu enredo. Ou o livro que pedi para ela escrever no meu lugar — não é oportuno discutir aqui se ela tinha ou não cacife para escrevê-lo. O que importa é que ela, Narah, sabia de antemão que o livro teria de ser escrito.

Se não me engano, foi Borges quem discorreu sobre um animal — um leopardo — que se matava no próprio claustro, "não podia saber, que ansiava por amor e crueldade, e pelo ardente prazer de dilacerar... mas algo nele se sufocava, e se rebelava. Então, Deus lhe falou em um sonho: 'sofres o cativeiro, mas terás dado uma palavra ao poema'... " Como se Deus tivesse iluminado — e sufocado ao mesmo tempo — o grito do animal, o destino e o cativeiro também.

A máquina do mundo — continuava Borges — nesse "Inferno, I, 32" é "complexa demais para a simplicidade dos homens".

Se entendo, não aceito. O leopardo pode ter se resignado, mas Borges jamais poderia ter aceitado o cativeiro do animal — e eu não o perdôo como escritor. Um escritor não pode se resignar aos fluxos, jamais pode abrir mão de gritar como uma fera (ainda que insignificante)... e mais: não adianta nada tentar despistar a própria omissão usando metafísica e/ou outras engenhocas do gênero. Bobagem especular sobre o tempo e o espaço. Isso, a meu ver, é tarefa inerente a físicos, bispos pedófilos do século XVIII e programas de computadores coloridos em 3D. Também não basta enfeitar-se com a própria inteligência e elegância. O resultado pode até ser um móbile genial, mas é nada diante do pouco tempo que temos nessa merda de vida e que nos pede — no mínimo — uma reação violenta.

Tampouco é tarefa do escritor dar notícia do mundo e se apartar dele como se fosse outro dentro de um (especialidade de Borges...). Para tanto temos a tábua das marés, as clepsidras, Fátima Bernardes e até os pores do sol bregas ao som de sax & violino na Praia do Jacaré, aqui em João Pessoa. Antes de qualquer coisa, o escritor tem que dizer "não".

Inclusive para se diferenciar da fera. Foda-se a máquina do mundo. A impressão que tenho é a de que Borges nunca se confrontou com uma mulher de verdade. Se tivesse topado com uma bunda vocacionada como a de Narah, teria uma dimensão mais temperada do tempo e do espaço. Talvez apenas quisesse tê-la de volta. E talvez entendesse que para o amor é sempre tarde demais. Pobre Borges.

Em seguida cumprimos, eu e Narah, o encontro e o desencontro, a maldição, como se Deus abençoasse nossas amarguras futuras. Outra vez, repito: não troco a bunda de Narah e o amor mesquinho de Joana por nenhum livro neste mundo. Foi uma grande trepada.

Num primeiro momento broxei... Apurado, lembrei de uma imagem de Santo Expedito, pedi uma ereção ao santinho e fui prontamente atendido. Narah saiu da quitinete com as pernas bambas.

Somente uma coisa me intrigava: em nenhum instante senti o cheiro de merda subir das entranhas de Narah. Um mau sinal. Nos dias seguintes não nos desgrudamos. Uma foda melhor que a outra. Não sei por que não comi a bela bunda dela, também nunca mais enfiei os dedos naquele cu rosado. Pensei muito em Borges naqueles dias, apesar da negligência do argentino ele me fazia uma ótima companhia. Bem ao seu estilo. Tenho-o como um amigo. Talvez tivesse começado a perder Narah por aí.

* * *

Outubro, 2005, Recife-PE.

Fui convidado a participar da Bienal do Livro de Recife. Ir a Recife sozinho — de graça, na base da boa vontade — e me enfiar num galpão calorento, cheio de escritores da terra a desejar tirar fotos comigo, era algo que definitivamente não estava em meus planos. A não ser que eu pudesse levar uma acompanhante.

Dona Narah, minha secretária.

Quando a convidei para passar o final de semana num hotel cinco estrelas em Recife, desde que fizesse o papel de minha secretária... Bem, ela aceitou na hora.

Chegou sexta-feira na minha quitinete. Trepamos feito dois malucos, e no sábado embarcamos para Recife com uma escala forçada de três horas em Salvador.

Eu não ia ficar três horas no aeroporto com aquela gata olhando avião subir e descer. Pegamos um táxi e fomos passar a tarde em Itapuã.

Logo que cheguei à praia pedi uma bênção para Vinicius de Moraes e agradeci aos orixás. Até ao Caetano Veloso agradeci por aquela escala perfeita. Se o Carlinhos Brow aparecesse na praia, eu juro que ia... bem ia mandá-lo pra putaqueopariu.

Sabia que não ia durar muito tempo. Nem a escala nem minha felicidade. Mas foda-se. Pela primeira vez tive oportunidade de reparar no corpo perfeito daquela menina de 18 anos. Minha garota, Dona Narah.

Ela jogava o jogo, e se divertia. Acho que sim. Eu procurava corresponder às delicadezas que vez por outra brotavam de Narah. Aliás, brotavam delicadezas e tiradas bem-humoradas o tempo inteiro. Tudo nela era novo para mim, perfeito. Eu não acreditava no que estava acontecendo. Só queria saber de pedir mais uma cerveja, e outra cachaça de rolha. Não parava de falar um minuto, e em breve teríamos de voltar ao aeroporto para seguir rumo a Recife. Tudo certo.

Às 19 horas chegamos em Recife. Uma van nos esperava no aeroporto e... — quase me esqueço de falar — era a primeira viagem de avião de Narah, e ela não desgrudou nem um minuto sequer da minha mão. Bem, eu achava que corria tudo ok, e corria mesmo. Narah fazia as coisas pela primeira vez: nunca havia preenchido uma ficha de hotel, e também foi a primeira vez que alguém a esperava no aeroporto com uma plaquinha: "MM, o pica-grossa, e Narah, acompanhante."

Fiquei todo orgulhosão. Quando entramos no apartamento, ela quase caiu para trás. Vivi um momento Nelson Rodrigues. Narah dizia: "É cinco estrelas, é cinco estrelas."

Aqui tenho que fazer um parêntese. Narah era uma garota remediada da Zona Norte de São Paulo. Ela e Julie se esforçavam para disfarçar a pobreza, compravam roupas a prestação na C&A e, apesar do bom gosto das meninas, a loja de departamentos não correspondia ao esforço das duas. O resultado é que se vestiam mal e — embora eu nunca tivesse reparado nessas coisas — o chinelinho que ela inventou de usar para ir à piscina do hotel era feio de doer, de amargar mesmo.

Como eu dizia, incorporei o coronel que patrocinava "o cinco estrelas, cinco estrelas". Tava lá na plaquinha do aeroporto: "MM, coronel e pica grossa".

Em suma, isso tudo dá muito tesão em mulheres.

Antes da primeira palestra, tratei de dar uma foda caprichada nela. Voltei às 22h, e o estoque de dez camisinhas "extra-large" que eu havia comprado sexta-feira em São Paulo, terminara. Então tive que usar as camisinhas do "cinco estrelas, cinco estrelas". E aconteceu o melhor: naquela terra de paus pequenos a camisinha estourou. Aí que a coisa pegou pra valer.

Na tarde do dia seguinte, depois de Dona Narah ter deixado os garçons e velhinhos da piscina completamente atordoados com suas demonstrações de vadiagem na piscina do hotel (a meu pedido: "Deixa os velhinhos espiarem esses peitinhos, abaixa a calcinha pro garçom etc.") subimos e, em questão de duas horas, trepamos umas oito vezes. Pensei que meu pau não ia abaixar nunca mais. Tirava porra de lugares insuspeitos. Impossível acreditar que aquilo — ainda — vinha do meu saco. Sei lá, devia ser coisa de Santo Expedido associado aos orixás da Bahia que me abençoavam. Isso tudo com o aval de Vinicius de Moraes e do Bactéria. Vai saber, né? O que sei é que não vi Bienal, não vi Recife, não via mais nada a não ser aquela garota linda que trepava sem parar comigo.

Domingo era o encerramento.

Da platéia de cabeças-chatas só divisava os cabelos louros balançando, e o lindo rosto de Narah olhando para mim, dando tchauzinhos da platéia... e foi aí que vi duas.

Tive realmente a impressão de ver outra garota dentro dela. Minha filha, agora sim. Tive certeza e esse foi uns dos momentos mais felizes da minha vida. Eram duas garotas, e elas me queriam e eu sonhava com elas de olhos abertos, falando não sei o que naquele microfone. Qualquer coisa, mas para elas.

Gozei muito dentro de Narah. Ela havia me avisado que aquele beijo no metrô era bonito demais — nem eu nem ela tínhamos cacife para bancá-lo. Eu que insisti em acreditar. Sou um obsessivo, vá lá.

Penso que a pílula do dia seguinte ainda vai levar o Playcenter à falência. Para uma garota de 18 anos, trepar sem camisinha é a mesma coisa que mentir para a mãe sobre as putarias do final de semana. Diversão, só isso. A AIDS está sob controle.

Quero dizer que não estamos em 1985, quando tínhamos apenas o tesão, o pânico e a iminência da morte. Hoje uma garota de 18 anos não tem mais o pânico, apenas a informação. Entendo, claro que entendo. Mas não aceito.

Bati todos os meus recordes de mãos dadas com uma garota. Não nos desgrudamos nem um minuto. Até a última foda na quitinete, já em São Paulo. Na hora de ir embora, Narah me pediu 30 reais. Era a primeira vez que fazia menção à pílula. Também me pediu que a acompanhasse até o ponto de ônibus.

Eu fui, e no meio do caminho fiz minha uma última tentativa.

— Os 30 reais.

— Obrigada.

— Olha, se de repente você mudar de idéia. Sabe... de repente.

(ela estava com os olhos marejados)...

— Sei lá, compra um bicho de pelúcia.

Caminhávamos tristes em direção ao ponto. Pela primeira vez soltamos nossas mãos.

— Um Panda.

"Compra um Panda" — foi a última coisa que lhe disse. Ela subiu no ônibus, me deu tchau da janela... e nunca mais voltou.

32

Quem vai acender a próxima vela?

Aqui em João Pessoa tenho (ou deveria ter...) um burrico que pasta mansamente na grama da praia. Ingenuidade minha. O burrico é uma fraude. Talvez o encontre — se fosse realmente procurá-lo — dividindo o pasto com os habitantes de São Vicente do Seridó... ou dando uma banda de jet-sky nas águas de Cabo Branco. Nada, aliás, salva João Pessoa — a depender dos engenheiros e arquitetos — de querer ser uma Miami versão lego. Nem o divertido guisado de bode puxado no caldo de feijão-verde com manteiga. Para quem vou oferecer a próxima rodada?

Ah, meu Deus, Vanusa morreu. Matei Vanusa?

As coisas seriam bem mais simples se eu fosse um Jorge Amado da vida e agora o termômetro não marcasse 36 graus. Ibsen seria inviável debaixo desses coqueiros. Me sinto um canalha por ter exigido tanto das mulherzinhas-exus que me escravizaram. Xibiu, xibiu.

Tudo bem. Sou canalha, branquelo, porém sei separar as coisas. Um remediado, a bem-dizer. Não desconfiava que elas, as mulherzinhas-exus, pudessem ser tão mesquinhas a ponto de negar a ululância das minhas pretensões. Ora, foi assim que erigi minha Miami espiritual. Fiz o contraponto perfeito, cheguei aqui. As mulherzinhas-exus não entenderam a violência do meu amor, o tamanho do meu crime... a falácia do meu arrependimento. Nada! Elas não entenderam nada!

Já fui melhor.

Bem melhor. Sobretudo para vomitar minhas arrogâncias. Um arrogante não poderia deixar o desespero tomar conta da situação. Fiz tudo errado. Antes eu disfarçava melhor o desespero e a arrogância me servia como um ornamento eficiente. Hoje não. Dizem que enlouqueci. Discordo: estou isolado por absoluta incompatibilidade comigo mesmo. Estou só. Mais do que nunca. Meus amigos não passam de recordações em cascos de cerveja estilhaçados pela memória. De nada serviu minha consumação.

Tenho a lembrança de que algo deu certo... e que esse algo é uma roubada: cheguei aqui. Não há lugar nenhum.

Daí esse mar: outra vez. O mesmo mar de 1993. A diferença é que, hoje, eu sei que a espera é mais um truque, que nada é impossível: o mar é que me olha. Antes — repito — eu sabia disfarçar minha arrogância, e tinha todos os desdobramentos sob controle. Tirava proveito da situação. Cazzo! Teve uma época em que eu comia minhas putinhas, me divertia, tinha uma força descomunal, exercitava minhas canalhices, e ia levando a vida com a delicadeza de um tanque de guerra.

Tinha até os presságios sob controle! A tábua das marés. Os vaivéns e as arrebentações, os fluxos e refluxos, as ruas atravessadas a esmo e os sobressaltos: tudo sob controle!

Mas desta vez não vou acender velas na praia. Não faz sentido. Não tenho mais 27 anos.

Quem vai acender a próxima vela? Não sei, quero que se foda. Sinceramente: não me interessa.

* * *

Se eu dissesse que as areias da praia entabulam uma conversa com os coqueiros e com o burrico simpático que pasta mansamente na grama que cresce ao lado do quiosque; se eu fizesse qualquer tentativa de descrever ventos e paisagens, bem, estaria apenas sendo negligente com o red label a 5 reais. Os escritores da terra encarregam-se dessa parte. Eu me encarrego de estar à paisana, a melhor coisa que poderia ter acontecido comigo nesse lugar, belo final de mundo.

Vale que ontem, aqui mesmo nesse quiosque, me senti um Hemingway em Cuba. Antes, muito antes de Fidel. Talvez tenha tido essa impressão por causa de um peixe vermelho que comi no hotel... vai saber?

Fiz umas associações esquisitas do peixe com uma garrucha que comprei no mercado negro de Cabedelo e que, a propósito, me vestiu — isso mesmo, "vestiu" — muito bem.

Aqui, embaixo do queixo.

Outra coisa. A prostituição infantil em João Pessoa não é ostensiva como em Fortaleza. Ponto pro Ceará. Já disse: JP é muito família. De qualquer forma, as putinhas infantis e o vento quente combinam com minha vontade de tentar — e de nunca conseguir — pedir o chapéu, zarpar... sumir do mapa.

O vento quente tem tudo a ver com esses coqueiros de merda (outra vez, outra vez...)... e, principalmente, combina com meu pileque. Traz de volta esquecimentos e vaivéns atrozes. Por exemplo: uma novela de Malcolm Lowry, *À sombra do vulcão*, que eu havia abandonado logo no início e de cujo déjà-vu, de certo modo, eu já ansiava havia muito tempo.

Era somente uma questão de ocasião e lugar. Bom saber de onde vêm os déja-vus — assim temos a ilusão de controle. Sei lá, a ilusão de que poderíamos ser uma porra de um coqueiro plantado nessas areias desde sempre. Ou de ter certeza que a lufada de vento quente que sopra do mar tem um destinatário permanente. Sopra do mar para embalar a morte. Tudo se repete. É evidente que estou falando da minha própria morte.

* * *

Depois de um mergulho nas águas quentes de Cabo Verde, pedi a sétima dose de uísque. Aparentemente estava tudo bem. O garçom trouxe o cardápio, e disse que eu havia enlouquecido nos anos 1980, e que ninguém — nem eu — havia dado conta do ocorrido. No começo, achei que o filho-da-puta estava certo (e que eu devia beber um pouco mais), então pedi outra dose. Depois cheguei à conclusão de que não, eu não havia enlouquecido nos 1980. Apenas devia beber mais.

Ele disse — ou eu devo ter ouvido, tanto faz — mais um monte de coisas: algo sobre os meus pés. Se não me engano, o garçom disse que meus pés não tinham vida. Eu estava muito bêbado, e me recordo apenas de retrucar pedindo a conta. Eu gritava: "O mar não foi sempre assim, seu filho-da-puta. Quanto custa, hein, quanto custa?"

Acho que foi isso. Outra lufada de vento quente.

Aquela sensação de "ir" ainda existia. Sim — mas não da forma tão premente e iluminada de antes. Talvez mais devagar: como se fosse algo consumado. Acho que sim. Isso mesmo.

Estou ou estava (não lembro mais) pronto para ser Hemingway. Para enfiar um balaço na garganta. Pronto para qualquer coisa! Ah, meu Deus! Quanto custa uma negrinha?

Quanto? Quanto custa?

Este livro foi composto na tipologia Arrus BT,
em corpo 11/16, e impresso em papel
off-white 90g/m² no Sistema Cameron da Divisão
Gráfica da Distribuidora Record.

Seja um Leitor Preferencial Record
e receba informações sobre nossos lançamentos.
Escreva para
RP Record
Caixa Postal 23.052
Rio de Janeiro, RJ – CEP 20922-970
dando seu nome e endereço
e tenha acesso a nossas ofertas especiais.

Válido somente no Brasil.

Ou visite a nossa *home page*:
http://www.record.com.br